Disney
MALÉFIQUE
LE POUVOIR DU MAL

Adaptée par Elizabeth Rudnick
Traduit de l'anglais (États-Unis) par Valérie Drouet
Conception graphique du roman : Studio Blick.

Hachette Livre, 58, rue Jean-Bleuzen, 92178 Vanves Cedex.

Disney

MALÉFIQUE

LE POUVOIR DU MAL

Le roman du film

hachette
JEUNESSE

PROLOGUE

La Lande est paisible. Les fées qui vivent sur ses terres luxuriantes sont en sécurité. Elles passent leurs journées à jouer parmi les arbres magnifiques, les fleurs et les plantes qui poussent en abondance. Elles se rassemblent et dansent en harmonie à la lueur de la lune, et elles ne craignent plus le monde qui se trouve au-delà des frontières de la Lande – du moins, plus autant qu'avant. Leurs nuits ne sont plus ponctuées de cauchemars. Elles sont libres. Elles sont heureuses.

Aurore y a veillé.

Cinq années se sont écoulées depuis que Maléfique a accordé le plus formidable des présents à la jeune et belle princesse. Par un baiser d'amour sincère, Maléfique a réveillé la belle au bois dormant et l'a ramenée dans la Lande pour qu'elle règne sur les fées, comme Aurore le souhaitait. Depuis cinq années, Aurore gouverne avec grâce et bienveillance. Et sous son règne, la Lande a prospéré.

Maléfique a elle aussi trouvé la paix – du moins, autant qu'elle le pouvait. Constamment présente dans la vie d'Aurore, elle a consacré ses journées à voleter gaiement dans la Lande et aux alentours, observant fièrement Aurore passer d'une jeune fille à une jeune femme, d'une princesse hésitante à une reine puissante. Elle voit également Aurore et le prince Philippe se rapprocher, leur lien se resserrer à mesure que leur amour s'affirme, gagne en maturité. Mais n'accordant toujours pas sa confiance aux humains, Maléfique tient Philippe à distance. Toutefois, petit à petit, même sa présence dans la Lande lui est devenue familière – et *presque* bienvenue. Il y passe plus de temps que dans son propre royaume d'Ulstead, qui se trouve juste de l'autre côté de la rivière.

Mais là où il y a de la lumière se trouve aussi l'obscurité. Et l'obscurité approche de la Lande. Un mal inattendu qui n'a pas fini de se dévoiler…

Chapitre UN

La nuit est tombée. Dans la Lande, les fées dorment, bercées par le ruissellement des courants et le doux bruissement du vent à travers les arbres.

Soudain, un bruit sec rompt la quiétude de la nuit. À l'orée de la Lande, une brindille se brise.

Trois hommes – des intrus – se figent. Échangeant des regards nerveux, ils attendent de voir si le bruit a réveillé quelqu'un – ou quelque chose. Ne voyant aucune fée apparaître, ils poussent un soupir de soulagement.

Mais il y en a un que l'on entend tout particulièrement : Ben, l'homme le plus jeune du groupe, qui n'avait aucune envie de venir. Il a entendu bon nombre de légendes sur la Lande. Il a vu l'énorme fée ailée voler dans le ciel de temps à autre, et cette vision l'a toujours troublé. Malgré la rivière qui la sépare d'Ulstead, il pense que la Lande est trop proche du royaume. *Elles peuvent voler,* dit Ben à sa famille et ses amis qui se moquent de lui, *ce qui signifie qu'elles peuvent franchir la rivière à leur guise.* Difficile de parer une telle logique.

Mais son ami Colin lui a assuré que ce voyage serait rapide et lucratif. Il a donc accepté. Ce n'est que maintenant qu'il commence à regretter sa décision. Dès l'instant où ils ont pénétré dans la Lande, il a eu la chair de poule. Il sait que c'est idiot, mais il a l'impression que les arbres les surveillent, que l'herbe les écoute. Même de nuit, Ulstead est plus lumineuse : des torches alignées dans les rues apportent l'éclairage nécessaire aux heures les plus sombres. Ici, la lune et les étoiles dans le ciel sont la seule source de lumière. Et cette nuit-là, le ciel est constellé de nuages obscurcissant le peu de lumière.

– Faisons demi-tour, chuchote Ben alors que Colin et l'autre homme reprennent leur marche.

– Pour perdre un joli pactole ? répond le troisième homme, Thomas, en secouant sa tête chauve. Même pas en rêve !

Ben fronce les sourcils. Il ne connaît pas Thomas. Ils viennent de se rencontrer, mais il ne lui fait pas confiance. Il a un regard froid et calculateur… C'est lui qui a convaincu Colin de se lancer dans cette expédition, de l'autre côté de la rivière, et Ben pressent que les choses vont mal finir.

– Ne t'éloigne pas, lance Colin en jetant un œil à Ben par-dessus son épaule.

Il n'en dit pas plus. Ce n'est pas nécessaire. Ben connaît ce regard : Colin lui demande de ne pas faire de vagues. Ils ont tous les deux besoin de cet argent, peu importe le danger.

À contrecœur, Ben suit les hommes qui s'avancent plus profondément dans les bois. Plus ils s'enfoncent, plus les sons sont étouffés et plus la nuit est noire. S'arrêtant devant un grand arbre, Colin hoche la tête.

– Nous y voilà.

Il tire une petite hache de son sac et s'attèle à fendre le tronc de l'arbre. Le bruit surprend Ben et le fait tressaillir. Colin poursuit son œuvre jusqu'à ce que, enfin, un large morceau d'écorce se détache. Derrière se trouve une petite fée des bois. La créature endormie ronfle légèrement, ses petits yeux sont clos. Rapidement, Colin s'empare de la fée et fourre la créature dans le sac qu'il porte à l'épaule. Puis il dégage plus d'écorce et continue de dépouiller l'arbre de ses occupantes féeriques. À ses côtés, Thomas fait de même, son crâne chauve concentré sur sa mission.

Ben baisse les yeux et constate que l'arbre est couvert de champignons. Mais bientôt, ces derniers se tortillent, s'agitent, et il comprend qu'il s'agit en réalité de fées qui ressemblent à des champignons. Prenant une profonde inspiration, il se penche pour en saisir une.

– Aïe ! s'exclame-t-il alors que la fée des champignons lui mord le doigt.

La créature est petite, ses dents plus encore, donc sa morsure n'est pas mortelle… Mais elle pique !

– Tu vas me le payer ! rage Ben.

La fée le mord à nouveau, mais plus fortement, cette fois-ci. Par réflexe, Ben lâche la fée des champignons, qui s'enfuit immédiatement dans les bois. Ben la suit, échangeant des insultes avec elle dans sa course. En quelques instants, ils ont quitté la quiétude sourde de la forêt épaisse pour se ruer dans une clairière. Hurlant toujours des insanités, Ben fait irruption dans l'espace dégagé. Ici, il n'est plus sous la protection des ombres et des arbres. Les deux autres hommes ne sont plus en vue, engloutis par la forêt. Mais Ben s'en moque ; il est trop obnubilé par l'idée de remettre la fée dans son sac.

Il ralentit avant de s'immobiliser. Comme un prédateur en chasse, Ben se plaque au sol et calme sa respiration. Puis il attend. N'entendant plus ses pas, la fée des champignons s'arrête, elle aussi. Cela ne dure qu'un instant, mais c'est suffisant pour que, dans un cri, Ben plonge sur elle. Il fend l'air et atterrit, les mains fermement serrées autour de la fée. Alors que la créature se tortille, Ben lâche un rire triomphal.

– Je tirerai deux fois plus d'argent d'un champignon ! lâche-t-il. Entre là-dedans.

Fourrant la fée dans son sac, Ben se retourne. Ce n'est qu'à ce moment qu'il remarque qu'il est loin de son point de départ. Il reprend le chemin des bois.

Pendant ce temps, Colin et Thomas continuent de récupérer des fées dans l'arbre, ne pensant à rien d'autre qu'à leur tâche et à l'argent qu'ils pourront amasser. Ils n'entendent pas le battement d'ailes ni le doux bruissement des feuilles dans leur dos. Ils ne remarquent rien avant que, soudainement, le ciel ne devienne complètement noir – comme si la lune s'était éteinte.

Colin lève la tête, et ses yeux s'écarquillent. Dans son dos, Thomas pousse un cri. Les deux hommes lâchent leurs sacs dans un bruit sourd, libérant les fées qui s'enfuient en courant tout en échangeant des murmures.

Tout droit sortie des pires cauchemars des hommes, Maléfique se tient là. Ses yeux sont verts perçants, et ses ailes noires sont fermement repliées dans son dos. La blancheur de sa peau diaphane contraste avec les énormes cornes noires qui s'élèvent sur sa tête. Alors qu'elle les observe, ses lèvres rouges affichent un sourire qui pousse les deux hommes à prendre leurs jambes à leur cou.

Mais ils ne peuvent pas s'enfuir bien loin.

Levant l'un de ses longs doigts fins, Maléfique fait un signe aux arbres. Instantanément, ils se penchent pour empêcher les hommes de fuir. Leurs branches se tendent comme des bras, s'emparent des hommes et serpentent autour de leurs membres tandis que les intrus passent d'arbre en arbre jusqu'à se retrouver de nouveau face à Maléfique.

Cette fois, les hommes savent qu'ils sont pris au piège.

Lentement, Maléfique s'approche d'eux. Elle s'arrête à quelques pas et son ombre les surplombe. Elle ne dit mot tandis qu'ils luttent pour se défaire de leurs liens, semblables à des vignes.

– Pitié ! la supplie Colin.

Pour toute réponse, Maléfique déploie ses ailes. Elles s'écartent et bloquent le peu de lueur restante. Dans toute leur envergure, elles mesurent plus de trois mètres. Si terrifié soit-il, Colin ne peut s'empêcher d'admirer la force évidente et l'indéniable beauté de ces ailes.

Maléfique s'avance, et les deux hommes crient de nouveau.

Ben vient d'atteindre l'orée de la clairière quand les cris se font entendre. Il sursaute alors que le son fait écho contre les arbres qui l'entourent.

Ben n'hésite pas une seconde. Il ignore qui crie – une fée ? Thomas ou Colin ? – mais il s'en moque. Chaque muscle de son corps est en alerte, et son cerveau carbure à toute vitesse. Il a deux possibilités : combattre ou fuir. Son corps lui dicte de courir. En un instant, il est parti, se frayant un chemin entre les arbres aussi vite que ses jambes le lui permettent. La respiration saccadée, il tente d'apercevoir le sentier ou un élément familier du paysage qui lui indiquerait s'il court dans la bonne direction. N'en voyant pas, il continue de s'enfoncer au cœur de la forêt. Un instant plus tard, les arbres s'écartent, et il se retrouve au milieu d'un vaste champ de fleurs. Elles luisent légèrement dans la nuit, avec leurs pétales rouges ouverts malgré l'heure avancée. Ben trébuche et s'effondre parmi elles. Il entend quelques tiges se briser, mais il s'en moque. Ce n'est pas le moment de s'en inquiéter.

Car face à lui, à travers un bosquet, il aperçoit la rivière.

Il se relève tant bien que mal et reprend sa course, écrasant d'autres fleurs au passage et s'écorchant aux arbres frêles jusqu'à surgir sur la rive. Il plonge puis traverse le cours d'eau à la nage avant de se hisser sur la berge d'Ulstead. Il entend – du moins le croit-il – les cris lointains de Colin et Thomas de l'autre côté de la rivière. Le cœur battant à tout rompre, il remonte la plage, laissant le plus de distance possible entre lui et la Lande.

Thomas s'est montré évasif en présentant son plan à Ben et Colin. Tout ce que Ben sait, c'est qu'on les paierait en échange des fées. Combien, et qui est le commanditaire, Thomas n'en a rien révélé. Il leur a néanmoins précisé où trouver l'homme. Ben suit les rues d'Ulstead et s'arrête enfin face à une lourde porte en fer. Il lève la main et frappe sans relâche.

Un instant plus tard, une trappe s'ouvre, au milieu de la porte, à peu près à hauteur du nombril de Ben. De l'autre côté, deux gros yeux jaunes le dévisagent.

– Je n'en ai qu'un seul, explique Ben en montrant son sac.

Comme la personne derrière la porte ne répond pas, Ben danse d'un pied sur l'autre.

– Mais c'est un beau spécimen.

Il y a un grognement que Ben interprète comme une injonction à tendre son sac. Il s'exécute, le glissant à travers la fente. Un instant plus tard, une main ridée ressort. Dans sa paume, quelques pièces égratignées.

– C'est tout ? s'insurge Ben, surpris de sa propre audace. Le petit champignon m'a mordu ! Deux fois !

Soudain, la main ridée se referme sur la ceinture de Ben et tire vivement. Ben est projeté en avant, le visage douloureusement pressé contre la porte. Il grimace et recule sa tête le plus en arrière possible. Il voit la main le relâcher et se refermer sur un éclair rouge attaché à son sac. Une des fleurs scintillantes de la Lande. Elle a dû se coincer là quand il a chuté. La main ridée arrache la fleur et la tient avec révérence. Puis elle la ramène rapidement à l'intérieur et, dans un claquement, elle referme la trappe.

Ben reste là un long moment, sans savoir quoi faire. Fixant les pièces au creux de sa main, il pousse un soupir. Se rendre dans la Lande n'en valait pas la chandelle… Et, alors qu'il remonte la rue et qu'il jette un œil en direction des bois de l'autre côté de la rivière, il est certain que Thomas et Colin seraient du même avis.

Chapitre DEUX

Aurore se trouve face à une salle remplie de créatures magiques, mécontentes, venues la confronter. Grandes, petites, minces, dodues : elles sont toutes en émoi. L'air est chargé de claquements d'ailes et de bouches. Aurore écoute et observe, tête haute, le visage calme. En apparence, elle a tout d'une reine mesurée. Mais en vérité, elle tente activement de garder une respiration stable et de ne pas se mordre l'intérieur de la lèvre.

La situation la rend nerveuse.

Durant la majeure partie de ces cinq dernières années, son règne a été paisible et relativement sans accroc. Bien sûr, il y a eu quelques chamailleries à régler entre les fées. Et une dispute occasionnelle entre un lutin revêche et une fée des champignons, plus accommodante, pour savoir à qui revient tel ou tel arbre. Mais, de manière générale, être reine de la Lande s'est avéré être plutôt… agréable.

Ces derniers temps, pourtant, un sentiment de malaise a commencé à gagner son royaume. Toujours calme, magnifique et relativement paisible, la Lande n'est pas en danger, en soi. Mais ce sentiment inquiète Aurore… et Maléfique. L'attachement de la filleule et de sa marraine à cette terre est très profond. Si la Lande souffre, elles souffrent aussi. Alors qu'Aurore observe le château rempli de fées bouleversées, elle comprend que le peuple magique commence à ressentir le même émoi.

Levant la tête, elle se focalise sur les fées rassemblées. Elle sait qu'elles attendent qu'elle poursuive. Le bulletin d'information hebdomadaire est devenu une sorte de tradition. Aurore a la sensation qu'un royaume informé est un royaume heureux. Même si certains jours, comme aujourd'hui, sont plus frustrants que d'autres…

– Prochain point, annonce-t-elle : les fées disparues. J'ai commissionné un clan de lutins des arbres pour fouiller l'arrière-pays. Ils me feront leur rapport à la tombée de la nuit.

Elle entend Racine grommeler dans son dos. Elle se tourne alors vers la grande fée des arbres, qui est son principal conseiller. Il la fixe d'un air accusateur, ses branches s'agitent sous la colère, et il lève une énorme racine qu'il frappe au sol.

– Je te prie de ne pas lever tes racines contre moi, Racine, lui demande Aurore en tentant de ne pas élever la voix. Nous avons fouillé le champ de fleurs tombales. Nous poursuivrons nos recherches jusqu'à les avoir retrouvées.

D'autres rapports sont arrivés. Le plus récent provient d'une famille de fées des champignons qui a signalé la disparition de leur adolescent, Bourgeon, deux nuits plus tôt. D'après leurs dires, ils ne sont pas particulièrement inquiets, car Bourgeon est un peu rebelle. Pourtant, ils ont jugé qu'Aurore devait en être informée. Ce qui préoccupe la reine, c'est que Bourgeon n'est pas la première fée des champignons à disparaître. Et celles qui ont disparu avant lui ne sont pas encore rentrées... Mais elle tait ses pensées tout en distribuant des paroles de réconfort.

La réponse d'Aurore ne satisfait pas Racine. Il agite à nouveau ses mains semblables à des branches. Cette fois, le mouvement fait tomber quelques feuilles aux pieds d'Aurore.

– Oui, j'ai bien conscience que les fermiers d'Ulstead se servent de l'eau de notre rivière, répond-elle.

Racine mugit.

Aurore lève un sourcil devant une telle réaction. Elle compte sur Racine pour rester calme et constant, et ce comportement ne lui ressemble absolument pas. Elle poursuit, ignorant l'agitation grandissante chez son conseiller.

– J'ai décidé qu'il était temps que nos royaumes collaborent.

Elle marque une pause.

– Pour la paix.

Mais un fort croassement l'interrompt. Cherchant la provenance de ce dernier, Aurore aperçoit Diaval, perché sur une branche. Les plumes du corbeau sont hérissées, et elle sent le jugement qui pointe dans ses yeux noirs. Elle retient un grommellement. Diaval est censé être de son côté... Il est censé être *son* ami.

Aurore s'éloigne de Racine et du champ de vision de Diaval pour s'adresser aux fées. Elle sait qu'elles sont bouleversées et qu'elles pensent que les humains sont responsables de la disparition de leurs amis et de leur famille. Elle sait également qu'il lui incombe de les rassurer, même si, pour le moment, elle n'a pas de réponse à leur apporter.

– Je suis la reine de la Lande, et je suis humaine, argue-t-elle.

Le silence se fait immédiatement. Aurore s'approche de son trône et s'assied en soupirant. Le large siège, fait de feuilles douces et d'herbes vertes, s'élève naturellement du sol de son château et semble l'étreindre. Deux fées des fleurs se précipitent immédiatement à ses côtés pour lui tresser les cheveux.

– Je sais qu'il faut un temps d'adaptation, poursuit Aurore, mais les frontières n'ont pas été ouvertes sans raison. Avec le temps, vous vous habituerez aux humains de passage. Il suffit de leur laisser une chance – cette même chance que vous m'avez laissée…

Ses paroles sont accueillies par des sentiments mitigés. Certaines fées agitent leurs pieds, d'autres battent des ailes un peu plus vite. Quelques-unes chuchotent même entre elles… Mais personne ne part.

– Que se passe-t-il, aujourd'hui ? demande Aurore, gagnée par l'exaspération.

Elle s'est relevée, et sa voix est un peu plus forte.

– Au cas où vous l'ignorez, j'*habite* ici !

Et ce château est vraiment trop bondé, ajoute-t-elle en silence.

– Que tout le monde attende à l'extérieur !

Se laissant retomber sur son trône, Aurore soupire tandis qu'elle regarde les fées sortir les unes après les autres de la pièce. À son grand désarroi, elles ne quittent pas le palais. Non, elles se mettent en ligne, juste derrière la porte, pressées d'être entendues par la reine. Les yeux clos, Aurore repose sa tête contre le dossier de son trône et prend une profonde inspiration. La journée va être longue.

– Un mot, Votre Majesté ?

Ouvrant un œil, Aurore aperçoit Florette, qui volette face à elle. La petite fée n'a pas changé depuis leur rencontre, des années auparavant. Ses cheveux bruns bouclés, dont les pointes bleues sont assorties à sa robe, rebondissent alors qu'elle bat nerveusement des ailes. Même quand Aurore était enfant, Florette était d'humeur changeante, et sujette à l'anxiété. Aujourd'hui, elle semble encore plus angoissée qu'à l'accoutumée ! Derrière elle volettent Capucine et Hortense. Les trois bonnes fées la regardent toutes avec d'étranges expressions. Aurore les aime. Après tout, les fées l'ont élevée – en grande partie. Mais ce jour-là, elle n'est pas sûre de pouvoir supporter leurs simagrées.

– Tantines, les réprimande-t-elle, vous devez attendre votre tour comme tout le monde.

– Ça ne peut pas attendre, Votre Grâce, argue Hortense en hochant la tête.

Elle s'essuie les mains sur sa robe rouge, toute simple.

– Nous sommes certaines que vous voudrez voir ça !

Florette approuve.

– Nous peinons à croire que nous sommes si chanceuses, ajoute-t-elle.

Tendant alors la main, Hortense dévoile une minuscule boule piquante.

Aurore se redresse.

– Serait-ce…

Avant qu'elle ne puisse finir sa phrase, la « boule » se transforme en une fée des hérissons.

– Pinto ! s'écrie Aurore, battant joyeusement des mains en voyant sa douce et merveilleuse amie. La petite fée des hérissons disparaît parfois pendant des semaines, et cela réchauffe le cœur d'Aurore de la revoir. Peut-être que la journée va prendre un meilleur tournant !

– Elle vous apporte des présents, explique Florette. La première sève des arbres.

– C'est pour le grand jour ! lâche Capucine.

Aurore incline la tête.

– Quel grand jour ? demande-t-elle.

Elle voit Florette donner un grand coup de coude à la petite fée blonde.

Juste à ce moment, Pinto se jette sur l'accoudoir du trône et court jusqu'au sommet. La fée des hérissons s'étire pour attraper la délicate couronne posée sur la tête d'Aurore, puis, alors que la reine pousse un cri de protestation, Pinto saute dans la couronne et part avec en courant. La couronne traverse le sol en tournant comme une roue de hamster.

– Pinto ! s'insurge Aurore en se relevant pour poursuivre la fée qui file comme une flèche. Je ne suis pas d'humeur !

Pile quand elle pensait que cette journée ne pourrait pas être plus éreintante…

Ignorant Aurore, Pinto poursuit sa course. Elle quitte la salle du trône, remonte les couloirs, sort du château vers la Lande et au-delà. Aurore la suit, les poings serrés, en marmonnant. D'ordinaire, elle aime se promener à travers son royaume, en observer sa beauté luxuriante, dire bonjour aux différentes fées qu'elle croise… Mais pas aujourd'hui.

Elle ignore leurs salutations et ne remarque même pas à quel point le soleil luit, à quel point le ciel est d'un bleu brillant, et préfère garder les yeux rivés sur Pinto.

Atteignant le bord d'un petit lac, Pinto hésite. C'est suffisant pour qu'Aurore la rejoigne… Celle-ci se penche justement pour attraper la fée, et sa couronne.

– Je te tiens !

Mais alors qu'elle parle, son pied glisse sur le sol boueux, et elle tombe en avant, atterrissant dans l'eau dans une grande éclaboussure.

– Mais qu'est-ce qui vous prend, tous ? crie Aurore en se relevant.

Elle essuie sommairement la boue et l'eau qui recouvrent l'avant de sa robe. Ses pieds sont trempés ! Tout en balayant une mèche de cheveux de son visage, elle sent une coulée de boue suivre son doigt. Aurore regarde les trois bonnes fées, les yeux plissés. D'habitude, elle aime jouer à chat ou à cache-cache dans la Lande. Mais pas aujourd'hui.

– Eh bien, puisque vous posez la question… commence Capucine.

Mais avant qu'elle ne puisse terminer, Hortense la pousse dans la boue, elle aussi, y maintient sa tête et fait virer sa robe du vert au brun.

Aurore halète. Les fées sont connues pour s'en prendre les unes aux autres. Elle ne saurait compter les fois où elle a été réveillée par leurs querelles, quand elles vivaient dans la petite chaumière dans la forêt. Mais là ? C'est tout bonnement ridicule !

– La voilà, Votre Majesté ! s'écrie Florette.

Aurore se retourne alors et aperçoit Pinto. Cette dernière a récupéré la couronne et se précipite vers un énorme saule pleureur. Aurore la suit.

Écartant les longues branches qui pendent vers le sol, Aurore avance. Les branches retombent derrière elle, et la jeune reine se retrouve soudain plongée dans le silence. Les douces feuilles vertes étouffent les bruits extérieurs et l'enveloppent dans un espace qui laisse passer le soleil. L'endroit est chaleureux et accueillant.

– Pinto ! appelle Aurore, dont la voix résonne dans le silence. Viens ici !

Comme aucune fée des hérissons n'apparaît, Aurore s'avance dans la pièce naturelle. Au centre, sur un rocher, près du tronc du saule, elle aperçoit sa couronne. Elle la ramasse et la garde en main. Toutes ces histoires pour un objet tout juste symbolique ! Elle ne voulait même pas de couronne quand Maléfique l'a faite reine de la Lande. Mais elle a cédé quand on lui a présenté la fine et magnifique coiffe faite de branches et de feuilles de son royaume. Fixant le symbole royal, la jeune femme comprend qu'une grande partie de sa vie n'est que compromis, décision et aide pour ses sujets. Dans le silence du saule, elle remarque que cela fait des jours qu'elle n'a pas été vraiment seule.

C'est alors qu'elle entend un doux bruissement. Aurore se retourne, s'attendant à voir Pinto. Mais à sa grande surprise, elle se retrouve face à Philippe. Même cinq ans après leur rencontre, ses genoux se dérobent en le voyant, et elle se sent indéniablement, incroyablement heureuse. Comme toujours.

– Philippe ! s'exclame-t-elle. Je suis ravie de vous voir.

Même si j'aurais aimé ne pas être dans un tel état... ajoute-t-elle en silence, bien consciente que ses vêtements sont couverts de boue.

Le prince se rapproche. Une boucle de cheveux bruns lui tombe dans les yeux, et Aurore résiste à l'envie de la remettre en place. Elle le taquine souvent en lui disant que, pour un prince, il est étonnamment détendu par rapport à sa toilette. Mais, en secret, elle aime cette touche faussement négligée.

– Moi aussi, répond-il, la voix étrangement tremblante. Évidemment ! Puisque c'est moi qui suis venu vous voir.

Aurore sourit mais ses yeux parcourent toujours la zone à la recherche de Pinto et de sa couronne. Il est vrai que voir Philippe est une agréable surprise mais, avec la folie qui gagne la Lande et un château transformé en bureau des pleurs, elle n'a pas le temps de rester avec lui ou de s'interroger sur son étrange comportement. Elle a du travail ! La paix qu'elle a promise n'arrivera pas sans rien faire – et elle ne pourra pas agir si elle doit s'évertuer à chercher partout une fée des hérissons capricieuse…

Parcourant toujours le sol des yeux à la recherche de Pinto, Aurore décide de faire d'une pierre deux coups.

– Je voulais vous poser une question : pensez-vous qu'il puisse y avoir une alliance ? Entre Ulstead et la Lande ?

– Une alliance, répète Philippe la gorge nouée. Si je…

Aurore le coupe.

– Oui. Je pensais à un pont. Pour relier les deux terres.

– Oh, un pont… répète Philippe. Oui, c'est une merveilleuse idée.

– Oh, tant mieux. Je suis si heureuse ! commence-t-elle à dire, avant de porter pleinement son attention sur le prince.

Ses yeux se plissent et elle incline la tête. Elle était tellement accaparée par ses émotions qu'elle ne l'a pas vraiment regardé depuis son arrivée. Mais quelque chose dans la présence de Philippe – et dans son costume – l'interpelle.

– Une petite minute, dit-elle enfin. C'est votre tenue officielle…

Alors que son cœur accélère, elle regarde autour d'elle. Le saule. L'espace chaleureux et romantique. Le comportement étrange des fées et la course de Pinto à travers les bois. Philippe en tenue officielle… Il va lui faire sa demande !

Elle se mord la joue pour retenir un cri strident.

– C'est vous qui êtes responsable de tout ça, pas vrai ? dit-elle d'une voix tremblante.

Elle frotte sa robe, regrettant d'être tombée dans l'eau.

– Si vous êtes occupée, je peux toujours… commence Philippe pour la taquiner.

– Non ! répond aussitôt Aurore en hochant la tête. Je ne suis pas du tout occupée !

– Parce que je n'aimerais pas vous faire perdre un temps précieux…

Aurore veut se frapper la tête. Pourquoi a-t-il fallu qu'elle radote à propos de sa stupide journée ?

– Je suis tout ouïe, répond-elle avec un sourire encourageant. De quoi voulez-vous parler ?

Philippe s'avance. Son sourire s'efface, il prend une expression sérieuse, les yeux chargés d'émotion. Le monde semble ralentir alors qu'il s'arrête face à elle.

– Il y a cinq ans, j'ai cru vous avoir perdue pour toujours… commence-t-il.

Il lui prend la main et la serre délicatement. Tous deux se souviennent du jour où elle a failli mourir et de ce qu'ils ont failli perdre. Ouvrant sa paume, il laisse courir ses doigts sur ceux de la jeune fille, s'attardant sur la cicatrice rouge sombre qui lui rappellera éternellement la fois où elle s'est piquée sur le fuseau magique. Quand il relève la tête, Philippe croise le regard d'Aurore.

– J'ai décidé de reprendre possession de ce jour. Je vous ai aimée à la seconde où je vous ai rencontrée…

Ses derniers doutes quant à une demande en mariage s'envolent. Les yeux d'Aurore s'emplissent de larmes.

– Je n'arrive pas à y croire, murmure-t-elle.

Philippe rit doucement, apportant de la légèreté à cet instant solennel.

– Je n'en suis même pas encore au meilleur moment.

– Je trouve que c'est déjà pas mal, répond doucement Aurore.

Philippe fourre la main dans la poche de sa veste et en tire un petit écrin.

– Ni magie ni malédiction ne pourront m'empêcher d'être à vos côtés, Aurore.

Il marque une pause et, les yeux remplis de lumière et d'amour, il la taquine.

– Êtes-vous sûre que le moment est bien choisi ? Je pourrais sans doute…

Aurore hoche la tête, et Philippe s'agenouille.

– Voulez-vous m'épouser ?

Les mots ont à peine quitté sa bouche qu'Aurore laisse déjà échapper un « Oui ! » retentissant.

– Oui ? demande Philippe, bien que la réponse ait été on ne peut plus claire.

Des larmes de joies ruisselant sur ses joues, Aurore approuve de la tête.

– Levez-vous et embrassez-moi, répond-elle.

Pas besoin de le lui répéter. Une fois debout, Philippe attire Aurore contre lui et, alors que ses lèvres se referment sur les siennes, le saule explose et laisse apparaître une profusion de couleurs chatoyantes. Des fées des fleurs, ayant patiemment attendu la réponse d'Aurore, s'envolent en signe de célébration. Aurore ne le remarque même pas, perdue dans le baiser – et dans l'amour qu'elle ressent pour Philippe. Elle ignorait, jusqu'à sa demande, à quel point cet amour était profond et sincère. Ils ont traversé tant de choses ensemble… Et ils ont désormais le restant de leurs jours pour vivre encore de nombreuses aventures !

Entendant des reniflements, Aurore se dégage enfin du baiser. Elle rit en apercevant les trois bonnes fées, flottant dans les airs. Les joues d'Hortense sont striées de larmes de joie alors qu'elle bat des mains.

– Il va y avoir un mariage ! s'écrie-t-elle.

À côté d'Aurore, Philippe approuve de la tête. Puis son expression se fait sérieuse.

– Bien sûr, nous devons en parler à nos parents.

Soudain, la douce chaleur qui affluait dans le corps d'Aurore s'estompe. Imaginer la réaction de Maléfique la fait frémir.

– Vraiment ? demande-t-elle.

Comme si on avait entendu leurs paroles, un croassement sonore se fait alors entendre. En levant la tête, elle aperçoit un grand corbeau noir prendre son envol depuis une branche à proximité. Diaval. Nul doute que le corbeau va annoncer la nouvelle à Maléfique... Il a toujours été les yeux et les oreilles de la fée noire.

Quand bien même, Aurore sait qu'elle doit l'annoncer à sa marraine en personne. Même si la tentation de rester éternellement cachés sous la canopée du saule est grande, elle prend la main de Philippe, et ils retournent vers le château. Elle va profiter de la route pour se préparer à ce que Maléfique pourra dire. Car elle a la sensation que ce ne sera pas « Félicitations ».

Chapitre TROIS

Maléfique se tient au sommet du grand rocher escarpé. Le monolithe abrupt de mauvais augure est le point culminant de la Lande. De cet endroit, elle a vue sur tout le royaume. Bien qu'elle soit la bienvenue dans le château d'Aurore, elle se sent mieux ici. Sur le rocher, elle est seule et libérée du babillement incessant des autres fées.

Étant la seule de son espèce, Maléfique n'a jamais eu le sentiment de camaraderie qui se développe en grandissant au milieu de ses semblables. Elle ne comprend pas le besoin constant qu'ont les fées de toujours se raconter leur journée. Elle préfère la solitude. Et, pour être honnête, elle sait que la plupart des créatures magiques s'en accommodent. Elle s'est forgée, au fil du temps, une réputation de fée noire et féroce qu'elle a acquise par la guerre et la violence. Aujourd'hui encore, après des années de paix dans la Lande, cette réputation ne la quitte pas. Sa présence rend nerveuses les fées plus petites et plus joyeuses.

À vrai dire, Aurore est la seule personne dont elle ne s'est pas lassée. Celle qui est davantage une fille pour elle qu'une simple amie n'a cessé de l'impressionner. Elle n'est jamais fatiguée de sa présence. Quand elle est avec elle, elle ne se sent jamais mal à l'aise ou embarrassée par ses énormes ailes ou les cornes sombres qu'elle est seule à porter. Maléfique peut passer des heures avec elle, à se balader dans la Lande, ravie de voir la jeune fille trouver encore et toujours de la joie dans chaque recoin du royaume. L'amour qui les unit est plus fort que jamais, et il en est d'autant plus ressorti grandi des épreuves qu'elles ont affrontées. Rien ne semble pouvoir briser ce lien.

En entendant un battement d'ailes familier, Maléfique attend que Diaval, son corbeau et compagnon fidèle, atterrisse derrière elle. Il pousse un cri perçant.

– Quoi ? demande-t-elle.

Elle fait tourner sa main et un éclat de magie verte s'en échappe, changeant Diaval en humain.

La fée lève un sourcil. L'homme semble terrifié. Il est souvent nerveux et un peu à cran – conséquence du fait de passer plus de la moitié de sa vie sous forme d'oiseau. Mais la peur que Maléfique décèle est inhabituelle.

– Maîtresse, commence-t-il. Je, euh… vous apporte des nouvelles.

Il marque une pause et prend une inspiration saccadée.

– Mais avant que je vous les transmette, promettez-moi de ne pas… m'exécuter.

Maléfique ricane, dévoilant ses dents parfaitement blanches ainsi que la paire de petits crocs qui rend menaçant son sourire le plus amical. Elle sait que certains habitants de la Lande pensent qu'elle s'est adoucie quand elle a nommé une humaine reine, mais la plupart ne sont pas dupes. Ils savent que, même si Maléfique aime Aurore, elle reste une fée noire. Et nul ne doute des dommages que Maléfique pourrait – et irait – infliger aux fous qui oseraient la menacer.

– Parle, lâche-t-elle à court de patience, ou tu vas préférer l'exécution.

Déglutissant, Diaval poursuit.

– C'est sans grande conséquence, vraiment… Pas de quoi dramatiser.

Il marque une pause, constatant que sa voix tremble autant que lui. Il connaît Maléfique depuis bien trop longtemps. Aucune chance qu'elle ne dramatise pas suite à l'annonce qu'il s'apprête à lui faire…

– C'est simplement que Philippe a…

– La lèpre ? interjette Maléfique, pleine d'espoir.

– Non, maîtresse, répond Diaval dans un hochement de tête.

Il retente.

– Philippe a…

– La peste noire ? La fièvre jaune ? poursuit-elle.

– Maîtresse ! s'exaspère Diaval.

Les mots suivants sortent précipitamment.

– Le prince Philippe a demandé à Aurore – et c'est là que je vous rappelle de ne pas me tuer –, il lui a demandé si elle voulait devenir sa…

Le visage de Maléfique devient encore plus pâle. Il s'avère qu'il existe une chose qui pourrait se mettre entre elle et Aurore : Philippe.

Alors que la fée noire lève la tête, ses yeux plongent dans ceux de Diaval.

– Ne gâche pas ma journée, l'avertit-elle.

Autour d'eux, le vent se lève – doucement au départ, puis il tourbillonne de plus en plus vite. L'air est chargé d'électricité. Le ciel s'obscurcit quand Maléfique déploie ses ailes. Une tempête se prépare. Alors, sans piper mot, elle prend son envol.

Diaval frémit en la regardant s'éloigner.

– Vous le prenez étonnamment bien ! crie-t-il.

Un instant plus tard, un éclair vert le retransforme en oiseau pour qu'il la suive à travers le ciel.

Philippe n'arrête pas de sourire. Aurore a dit « Oui » ! Des jours durant, il a nerveusement tout planifié et réfléchi, il s'est inquiété tout en espérant…

Et là, tout vient enfin de se terminer, et tout s'est parfaitement déroulé. Enfin, à l'exception du moment où elle est tombée dans la mare... Mais, malgré tout, elle a dit « Oui ». Elle a dit « oui » avant même qu'il ne puisse faire sa demande en bonne et due forme. Et ils vont passer le restant de leurs jours ensemble ! Lui qui pensait que son sourire ne pouvait pas s'élargir plus...

Le cheval de Philippe franchit au galop les grilles d'Ulstead, et il chevauche jusqu'au château. L'édifice est impressionnant, son énorme façade étincelant au soleil. Les deux tours qui dominent le bâtiment s'élèvent vers le ciel, leurs sommets semblant disparaître dans les nuages. Tout le château d'Ulstead est gigantesque, fastueux et lourdement orné. Le village qui repose à ses pieds reflète cette richesse à sa façon. Les bâtiments sont plus petits, leurs façades sont plus modestes que le blanc aveuglant du château, mais ils sont solides et bien bâtis. Les routes que le cheval de Philippe parcourt au petit galop sont lisses, et les gens qu'il croise semblent heureux et en bonne santé.

Philippe met son cheval au pas quand il repère Perceval sur la place du village. Perceval et lui ont grandi ensemble et sont restés amis – bien que Philippe soit désormais un prince et que Perceval officie en tant que général dans l'armée de son père.

– Alors, sire, dit Perceval à l'arrivée de Philippe. Vais-je être votre témoin ? Ou avez-vous choisi une créature répugnante de la Lande ?

Philippe lance un regard agacé à son ami. Le jeune général ne fait rien pour cacher sa haine de la Lande et de toute créature qui y vit. Malgré son visage doux et jovial, Perceval affiche un air sombre et coléreux quand il s'agit de la Lande. D'ordinaire, Philippe se contente d'ignorer son opinion mais, de temps à autre, Perceval dit ou fait quelque chose qui dépasse les bornes. Dans ces moments-là, Philippe fait de son mieux pour garder la bouche fermée et les mains le long du corps. Mais parfois, Perceval s'est retrouvé nez à nez avec l'épée du prince et il s'est ensuite assuré, pendant un long laps de temps, de mesurer ses propos.

– Général, répond Philippe, qui tente de garder la conversation sur un terrain plus léger – plus jovial –, si vous voulez savoir si elle a dit « Oui »…

Perceval le coupe.

– Oh, je sais qu'elle a dit « Oui ». Quel être humain ne voudrait pas quitter cet endroit ?

– Qu'avez-vous contre le peuple de la Lande, Perceval ? demande Philippe, agacé.

Il n'est pas d'humeur à affronter l'attitude revêche de Perceval. Pas aujourd'hui. Pas le jour de ses fiançailles avec la femme qu'il aime et qui règne précisément sur le peuple pour lequel Perceval affiche une telle haine.

Perceval ne répond pas immédiatement. Il se renfrogne et talonne les flancs de son cheval. Il est temps d'y aller. Ensemble, les deux hommes traversent la place en direction du château.

– Le *peuple* de la Lande ? répète Perceval. C'est ainsi que l'on nomme des monstres ailés et des arbres meurtriers ?

Philippe fronce les sourcils et lance un regard d'avertissement à Perceval.

– Tenez votre langue, général. Vous ne savez rien d'eux.

L'avis de Perceval est basé sur des récits et des aventures auxquels il n'a pas pris part. Il n'a pas participé à la bataille du roi Stéphane. Il n'a pas été témoin des atrocités commises par les *humains* contre les fées. Pourtant, comme bien d'autres, Perceval croit que les histoires que l'on raconte – et qui sont amplifiées — sont vraies, et que le mal se trouve en dehors du cœur humain et non en son sein. Pour lui, Maléfique est un monstre.

Perceval poursuit.

– Je sais que Maléfique est une tueuse d'hommes et qu'elle a détruit, à elle seule, une armée…

– C'est faux, général, l'interrompt Philippe pour défendre la fée noire.

Il manque de sourire. Sa future belle-mère, s'il peut parler ainsi, aurait ri de l'entendre prendre sa défense. Elle qui remarque à peine sa présence quand ils se croisent… Et, quand cela arrive, c'est généralement pour savoir s'il va bien – avec l'espoir bien visible que ce ne soit pas le cas.

– C'est mon devoir de protéger ce royaume, continue Perceval. Et c'est ce que je ferai, mon ami. Sans hésiter.

Une fois de plus, il éperonne son cheval qui part au galop, laissant Philippe à la traîne. Derrière lui, Philippe soupire. Une partie de sa joie s'est évanouie. Aurore et lui sont certains de leur amour. Ils ont passé des heures à rêver de l'union de leurs royaumes pour montrer aux fées et aux humains qu'ils peuvent coexister… Mais le chemin vers l'unification sera semé d'embûches. Philippe sait parfaitement que Perceval ne sera pas le seul à être mécontent de ses fiançailles.

Pressant son cheval, Philippe trotte vers le château de ses parents, la boule au ventre. Eux aussi auront une vive réaction en apprenant la nouvelle…

Le roi Jean a envie de s'étirer. Il est assis sur son trône depuis des heures sous le poids de son manteau orné et de sa lourde couronne. À la demande de sa femme, une couverture de fourrure – avec la tête de l'animal toujours attachée – est drapée autour de lui. Il tient un long sceptre. Le trône, très inconfortable, semble le poignarder dans le dos alors qu'il pose, depuis des heures, pour son portrait royal.

Mais il fera le nécessaire pour rendre sa femme heureuse.

Remarquant du coin de l'œil l'arrivée de sa tendre épouse, le roi Jean sourit – mais seulement légèrement. Il s'est déjà suffisamment fait réprimander par l'artiste…

– Ingrith ! la salue-t-il. Vous êtes la seule en qui je peux avoir confiance. Soyez honnête… De quoi ai-je l'air ?

La reine s'avance dans la pièce sombre. Même sans lumière pour éclairer sa peau, elle brille de la même couleur que la lune. Sa robe moule son corps, accentuant sa carrure mince, et ses cheveux blonds, presque blancs, sont tirés en arrière. Alors qu'elle parcourt le tableau, ses yeux sont glacials. C'est elle, et non le roi, qui ressemble à une œuvre d'art. Une froide statue de pierre.

– Vous avez l'air du plus grand roi de toute l'histoire d'Ulstead, finit-elle par répondre platement.

Soit le roi ne relève pas son ton, soit il choisit de l'ignorer.

– Et voyez votre place d'honneur, poursuit-il, visiblement satisfait de la réponse de son épouse. À mes côtés !

Incapable de bouger la tête, il ne peut voir la grimace qui tord le visage objectivement beau de la reine. Il ne remarque pas non plus ses poings serrés alors qu'elle prend une vive inspiration. Pourtant, quand elle s'exprime, sa voix est calme et posée.

– Et c'est là que je me trouverai toujours.

Ingrith déteste que, en tant que reine, elle soit toujours vue comme la seconde de son mari faible et inefficace. À vrai dire, la simple vision de cet homme la rend malade. Quand il parle, avec des mots pleins d'absurdités fleuries et de sottes idées romantiques, elle a envie de se couvrir les oreilles et de hurler. Ce n'est pas un mariage d'amour, mais un mariage arrangé. Les chances qu'Ingrith l'adore étaient minces – il n'y a que dans les stupides contes de fées qu'adore Jean que cela arrive. Mais elle aurait au moins pu épouser une personne qu'elle admire... Ou même qu'elle *apprécie*. Au lieu de quoi, elle a épousé un homme que les constantes déclarations d'amour et d'adoration font frémir.

Mais le royaume – et son mari – attendent d'elle qu'elle soit une épouse aimante. Donc elle s'exécute : elle sourit pour les portraits, elle forge des alliances, initie des guerres et étend leur territoire tandis que Jean parle sans relâche avec son fils de paix impossible et de poésie mièvre sur le pouvoir de l'amour.

Elle s'y plie pour une seule raison : elle a besoin de Jean et du pouvoir que son titre et son mariage lui confèrent. Autant laisser les autres penser qu'il commande... Les laisser croire que Jean est la raison de leur vie si prospère et qu'elle, la reine, n'a aucune ambition. Ils découvriront très bientôt à quel point ils se trompent.

Entendant les portes s'ouvrir à nouveau, la reine Ingrith se retourne, ravie d'avoir enfin une excuse pour cesser de regarder son mari. Gerda, l'ingénieure royale, entre d'un bon pas, une large caisse entre les mains. Elle compte parmi les rares membres de la cour à ne pas être intimidés par la reine Ingrith. Gerda fait partie de la cour depuis des années, et elle apporte au roi sa sagesse, ses conseils et, à la demande, des armes. Mais, au fond, elle n'est loyale qu'envers sa reine.

S'arrêtant devant le couple royal, Gerda fait un signe de tête avant de déposer la caisse face à eux. Elle est remplie à ras bord, et les côtés en bois sont tendus par son contenu.

– Votre Majesté, annonce Gerda au roi, le butin de l'annexion des Midlands est arrivé.

Elle désigne le haut de la pile.

– Des armes !

Le roi Jean hoche la tête, ce qui lui vaut un regard courroucé de l'artiste qui peint son portrait.

– Nous n'avons pas besoin d'armes, argue-t-il. Nos jours de guerre sont derrière nous !

La reine se mord la joue. Son mari est un imbécile. Il y aura toujours des guerres. Cela fait partie de la gouvernance d'un royaume. S'il n'y a pas de guerre à l'extérieur, elle se trouve à l'intérieur. S'il n'y a pas d'ennemis au loin, ils se trouvent à la porte. Ou, dans leur cas, de l'autre côté de la rivière. Mais Jean a toujours vu le monde avec des yeux d'enfant, naïfs et pleins d'espoir… Il croit que la guerre doit servir uniquement en dernier recours. Ingrith n'est pas de cet avis.

Elle se penche sur la pile et en tire une arbalète. Les armes de Gerda ont beau être anciennes, elles fonctionnent toujours. En le soulevant, elle arme l'arc, qu'elle tient avec une aisance d'experte.

– On n'est jamais trop prudent, lâche-t-elle en pointant l'arbalète sur le roi.

Gerda observe la reine. Son expression ne laisse rien paraître, mais ses yeux respirent la curiosité.

– Votre Majesté, elle est armée, l'avertit-elle.

Il y a un moment de tension pendant que Gerda regarde la reine, qui elle-même fixe le roi.

– Vraiment ? demande Ingrith dans une ignorance feinte.

Elle lance l'arme à Gerda, qui la rattrape. Une fois entre ses mains, l'arme fait feu. La flèche fend l'air et finit sa course dans une statue, près de l'entrée.

– Vous devriez faire plus attention, la réprimande Ingrith en regardant la flèche osciller.

Gerda hoche la tête, acceptant comme prévu ses réprimandes. Alors qu'elle va la récupérer, Ingrith s'avance encore dans la pièce. Des rayons de soleil lumineux traversent les fenêtres du fond, illuminant et faisant briller le sol carrelé de gris. Ingrith fait un pas de côté pour éviter la lumière, comme s'il s'agissait d'une flaque de boue.

Les portes de la salle du trône s'ouvrent une nouvelle fois. Son expression se fait joyeuse – ou plutôt moins froide – quand elle aperçoit son fils. Le beau visage de Philippe est plein de joie alors qu'il avance à grandes enjambées vers ses parents.

– Père, mère… commence-t-il.

– Eh bien ? l'interroge le roi Jean en se dressant.

Il se moque pas mal qu'au moment où il se lève, l'artiste se mette à marmonner dans sa barbe.

– Qu'a-t-elle répondu ? le presse le roi.

Le sourire de Philippe s'élargit.

– Elle a dit « Oui » !

– Quelle merveilleuse nouvelle ! s'exclame le roi Jean, entourant son fils de ses bras. Deux royaumes enfin réunis !

Ingrith observe les deux hommes qui s'étreignent – un vieux fou et un jeune imprudent. Elle aurait dû se douter que Philippe demanderait des conseils à son père à propos de sa relation avec Aurore. Le garçon n'a jamais cherché sa présence à elle pour des conversations à cœur ouvert. Des leçons de stratégie et de guerre seraient davantage sa tasse de thé… Mais elle ne peut pas lui en vouloir. Après tout, elle n'a jamais caché ce qu'Aurore lui inspire. Elle aurait simplement aimé que son balourd de mari l'avertisse de l'imminence des fiançailles.

Se dégageant de l'étreinte de son père, Philippe se tourne vers Ingrith.

– Mère, commence-t-il, la voix rongée par le doute. Je sais que c'est contraire à vos souhaits. Mais si vous passiez du temps avec Aurore…

Mère et fils échangent un regard dans un silence gêné.

Si j'avais été avertie, j'aurais pu me préparer, songe Ingrith, souhaitant une nouvelle fois que son mari ne soit pas complètement incompétent. Mais elle sait qu'elle doit dire quelque chose à son fils. Enfin, elle hoche la tête.

– En effet, concède-t-elle, tentant de parler avec douceur. Peut-être me suis-je montrée égoïste et ai-je pris les choses du mauvais côté. Je vous dois des excuses, à Aurore et à toi.

– Mère ? répond Philippe sans cacher sa surprise.

– Tu as fait ton choix, poursuit-elle, le surprenant encore un peu plus. L'heure est donc aux célébrations.

Elle s'avance vers lui et le prend, elle aussi, dans ses bras. Le geste lui semble étrange… Elle ne peut se rappeler la dernière fois qu'elle a étreint son fils. Mais le moment semble l'exiger.

Dans ses bras, Philippe est mal à l'aise.

– Je suis heureux que vous approuviez enfin, lâche-t-il.

– Cela va bien au-delà, corrige Ingrith en se retirant.

Son esprit tourne à plein régime. Elle vient d'avoir une idée délicieusement diabolique ! Elle a regardé les choses sous le mauvais angle. L'alliance n'est pas un problème. C'est la *solution*. Elle peut en profiter pour concrétiser un plan qu'elle couve depuis des années. Au vu des circonstances et de sa position, elle ne pouvait que comploter. Mais les choses ont changé… Les fiançailles de Philippe lui apportent, sur un plateau d'argent, l'opportunité qu'elle désirait tant. Elle ne peut cependant se permettre que Philippe ait le moindre doute quant à ses intentions. Elle a besoin qu'il *croie* qu'elle soutient son mariage – aussi écœurée soit-elle. Si elle reste dans l'ombre, elle pourra réaliser l'objectif de sa vie : éliminer le peuple magique une bonne fois pour toutes. Étirant ses lèvres en un sourire, elle poursuit :

– Je suis prête à accueillir ta fiancée à bras ouverts. Pourquoi ne pas l'inviter à dîner ?

Philippe semble sous le choc. Il sourit pourtant.

– Ce serait incroyable ! répond-il.

– Mais à une condition, ajoute Ingrith faisant momentanément vaciller le sourire de Philippe : elle viendra avec sa marraine.

Le silence se fait dans la pièce. Ingrith s'attendait à une telle réaction. Jamais, depuis cinq ans qu'Aurore partage la vie de son fils, elle n'a posé un pied dans la Lande. Ni n'a ouvert les portes à la jeune fille, ou à Maléfique. Jamais non plus elle n'a caché son sentiment d'hostilité à l'égard des fées. Tous ceux qui la connaissent savent son dédain… Et voilà qu'elle invite la reine de la Lande et sa marraine la fée noire à dîner ?

– Votre Majesté… commence Perceval, mais sa voix s'estompe quand les yeux de la reine se plissent.

– Nous allons rencontrer celle qui l'a élevée, poursuit cette dernière. Ici, dans ce château.

Inconscient de ce que trame réellement sa femme, le roi Jean tape gaiement dans ses mains.

– La reine a raison, ajoute-t-il.

– Je doute que sa marraine… commence Philippe.

Mais Ingrith l'interrompt. Levant sa frêle main pâle, elle hoche la tête.

– J'insiste, argue-t-elle. Après tout, nous serons bientôt de la même famille. C'est ainsi.

– La reine a raison, répète le roi Jean. Que la nouvelle soit transmise à travers le royaume : Mon fils va épouser Aurore ! Et Maléfique viendra à Ulstead !

Alors que le roi retourne à son portrait, Ingrith affiche toujours un sourire figé. C'est tout Jean de prendre son décret pour sien. Elle le laisse faire… pour le moment. Bientôt, il ne sera plus un problème.

Mais pour l'heure, elle a un dîner à organiser. Quelques idées lui viennent déjà. En entrée : une conversation polie. En dessert : une généreuse part de la fierté de Maléfique. Et enfin : la destruction de la Lande et de la moindre fée qui demeure dans cette forêt repoussante.

Chapitre

QUATRE

Avant cet instant, Aurore n'avait jamais remarqué qu'il était possible de se sentir incroyablement bien et terriblement mal à la fois. Elle redoute la conversation qu'elle s'apprête à avoir avec Maléfique. Elle en a mal au ventre.

Mais de retour à son château, la météo n'a pas conscience de son tourment. Le soleil brille, et aucun nuage ne vient voiler le ciel bleu lumineux. Et, pour la première fois depuis des jours, aucune fée ne l'attend pour résoudre un conflit ou faire la lumière sur un problème insoluble ! Il y a pour seuls sons la douce brise qui chante à travers les arbres et les voix d'Hortense, de Florette et de Capucine. Les trois bonnes fées sont, comme à leur habitude, en train de se chamailler. Aurore ralentit le pas tandis qu'un sourire s'étire sur ses lèvres. Leurs voix lui rappellent de bons souvenirs… Ainsi que d'autres, qu'elle préférerait oublier. Les fées ont été ses seuls repères durant les longues années pendant lesquelles elle était cachée dans la chaumière au milieu de la Lande. Leurs voix lui sont aussi familières que la sienne, ou celle de Maléfique. Elles l'ont sermonnée et encensée, elles l'ont élevée et guidée, tout comme le fait Maléfique à présent.

Pensant à la fée noire, Aurore prend une profonde inspiration et force l'allure. Elle joue avec la bague qui orne désormais sa main gauche. Cette vision la remplit d'une joie indescriptible. Mais en levant les yeux au ciel, attendant sa marraine, ce sentiment s'évanouit pour laisser place à l'anxiété.

Elle aime Maléfique. Elle aime ses commentaires mordants qui peuvent être sévères parce qu'elle se soucie d'elle. Elle aime sa mine renfrognée qui cache un cœur tendre. Elle aime Maléfique pour toutes ces raisons qui font que d'autres la craignent. Mais elle l'aime aussi parce qu'elle est sa mère. Peut-être pas du point de vue biologique, mais cela n'a jamais eu la moindre importance. Pourtant, malgré la force de leur relation, Aurore remarque qu'elle a peur… Elle a vu Diaval s'envoler du saule après la demande en mariage. Ce n'est qu'une question de temps avant que Maléfique arrive.

Comme si le ciel avait entendu ses pensées, celui-ci s'obscurcit tandis que Maléfique descend en piqué devant les rayons du soleil. Dans son sillage,

Diaval lutte pour tenir l'allure animée par la colère de la fée. Une bourrasque de vent s'élève alors que la fée noire atterrit, ses larges ailes fendant l'air. Hortense et les autres petites fées s'accrochent à un arbre et tentent de garder l'équilibre.

Maléfique se pose devant Aurore, puis tire ses ailes en arrière. Nerveux, Diaval s'installe sur une branche, à proximité. L'air autour d'Aurore semble s'épaissir alors que des nuages noirs traversent la Lande. Les émotions de la fée noire ont toujours été liées au paysage. Il est aisé de voir quand elle est mécontente.

– Bonjour, Aurore, dit celle-ci en s'approchant.

Ses lèvres rouges charnues brillent et ses yeux verts se plissent alors qu'elle regarde sa filleule.

Derrière la fée, une petite mare se met à bouillir.

– Quoi de… neuf ?

Les mots s'écoulent de sa bouche.

Aurore prend une profonde inspiration. Ce n'est pas la première fois que sa marraine et elle sont en désaccord. Et elles se sont *toujours* rabibochées. Ce sera à nouveau le cas cette fois-ci – du moins, elle l'espère.

– Marraine, annonce-t-elle : Philippe m'a demandée en mariage.

– Pauvre de lui, répond Maléfique, sans même faire semblant de s'intéresser à ce dernier. Comment l'a-t-il pris ?

– Ma réponse est « Oui », lâche Aurore précipitamment.

– Et la mienne est… « Non », contre Maléfique.

La jeune fille lève la tête. Même si elle est devenue plus grande et plus forte – et qu'elle est désormais reine –, elle se sent toujours petite à côté de sa marraine. Néanmoins, cette nouvelle est importante à ses yeux – aussi importante que la sécurité de la Lande sur laquelle elle règne. Et s'il y a bien une chose que lui a apprise sa marraine, c'est de défendre ses convictions. Affichant un air brave, elle recule les épaules avant de s'exprimer ouvertement :

– Je ne posais pas vraiment la question.

– Moi non plus, riposte Maléfique, sans se soucier de la bravade de sa filleule.

Aurore retient un grognement. Elle savait que sa marraine allait se montrer difficile mais, là, c'est ridicule. Elle se comporte comme Hortense la fois où Florette a ponctué de bleu tout ce qu'il y avait dans la chaumière, un été – y compris la robe préférée d'Hortense.

– Et ensuite ? dit Aurore, la voix dangereusement proche du gémissement. Vous allez le changer en chèvre ? L'étriper ?

La fée hausse les épaules.

– C'est un début.

Cette fois, Aurore réprime un cri. Philippe n'a jamais rien fait à Maléfique ! En fait, il s'est même plié en quatre pour lui prouver sa valeur, encore et encore. Aurore aurait pensé qu'au moins sa tentative pour lui sauver la vie il y a des années aurait un sens aux yeux de Maléfique. Mais malgré tout ce que Philippe a fait, celle-ci reste méfiante vis-à-vis de lui et de ses intentions.

Comme si elle lisait dans ses pensées, Maléfique fait lentement les cent pas autour de la jeune reine. Ses longs doigts s'enroulent au sommet de son bâton de bois, et ses sourcils se lèvent sur son visage pâle.

– As-tu conscience que des fées ont disparu dans la Lande ? demande-t-elle d'un ton accusateur.

– Bien sûr, répond Aurore, agacée par-dessus tout que sa marraine s'imagine qu'elle ignore ce qui se passe dans son royaume.

Elle a entendu les rumeurs. Elle a rassuré les familles des fées disparues. Elle va tirer cette affaire au clair. Cela prend seulement du temps. Mais Aurore est surtout contrariée que Maléfique mette ce sujet sur le tapis au milieu d'une conversation à propos de Philippe.

– Qu'est-ce que cette histoire a à voir avec lui ? demande-t-elle.

La fée hoche la tête. Le message est clair : elle croit que les humains sont à l'origine des disparitions.

– Selon les dernières nouvelles, poursuit Maléfique, c'est un humain, un humain repoussant, détestable…

– Je suis humaine, la coupe Aurore.

– Et je ne t'en ai jamais tenu rigueur.

Aurore hoche la tête et baisse les yeux.

– Jusqu'à ce que je tombe amoureuse, argue-t-elle.

La tristesse emplit le visage d'Aurore. Sa marraine a tort. Maléfique lui a reproché son humanité, par le passé, mais Aurore ne peut s'empêcher de se rappeler cette fois, il y a fort longtemps, quand sa marraine lui a jeté un sort, simplement parce qu'elle était la fille de l'humain qui lui a brisé le cœur. Maléfique ne voit-elle pas qu'elle la punit de nouveau alors qu'elle reproduit ce que sa marraine a fait ? En quoi Aurore est-elle différente de la jeune fille qu'a été Maléfique ? Certes, l'histoire d'amour de la fée noire s'est achevée sur un cœur brisé. Mais, au final, cela les a rapprochées, Aurore et elle. Et leur amour sincère les a sauvées, toutes les deux.

Autour d'elles, le silence se fait, dans les bois. Aurore et Maléfique se toisent, des milliers de non-dits entre elles. La jeune fille aperçoit un éclair de douleur sur le visage de sa marraine, et elle sent une étincelle d'incertitude. Ressent-elle la douleur pour elle-même ou pour Aurore ? Le silence perdure alors que la fée noire semble perdue dans ses souvenirs. Aurore n'a pas besoin de lui poser la question. Elle sait ce que Maléfique a en tête. La fée noire se rappelle le père d'Aurore, le roi Stéphane, et sa trahison.

– Les histoires d'amour finissent rarement bien, diablesse, commente Maléfique.

Le surnom fait sourire la reine malgré les larmes qui lui montent soudain aux yeux.

– Je vous demande de me faire confiance, reprend Aurore. Laissez-nous, Philippe et moi, vous prouver que vous vous trompez.

Elle se rapproche de Maléfique, forçant la fée à cesser de marcher.

– Le roi et la reine organisent une fête ce soir. Ils nous invitent au château, toutes les deux.

Les yeux de Maléfique s'écarquillent.

– Tu veux que… je rencontre… ses parents ?

Rien n'aurait pu la choquer davantage.

Depuis sa branche, Diaval croasse, incrédule.

– Ce n'est qu'un dîner, répond Aurore, bien qu'elle sache qu'il s'agit de bien plus.

Ses larges cornes noires se balancent d'avant en arrière alors qu'elle hoche la tête. Maléfique ourle les lèvres.

– Ils ne veulent pas de moi à Ulstead, souligne-t-elle. Pourquoi accepterais-je ?

– Parce que sa mère veut rencontrer la mienne.

Les mots restent lourdement suspendus en l'air. Maléfique ne dit rien tandis qu'Aurore la fixe de ses yeux pleins d'espoir. Puis la fée noire tourne les talons.

Par réflexe, Aurore s'avance, le bras tendu, comme pour essayer d'arrêter sa marraine… Mais la jeune reine baisse le bras. Elle sait que cela ne servirait à rien de la forcer à rester.

– Réfléchissez-y, ajoute-t-elle. Pour moi.

Maléfique ne donne pour réponse qu'un battement d'ailes avant de s'élever vers le ciel. Aurore l'observe jusqu'à ce qu'elle ne soit plus qu'un point noir à l'horizon. Le cœur tourmenté, la reine fait demi-tour et se dirige vers son château. Elle espère que, quelque part au fond d'elle, sa marraine trouvera la force d'accepter Philippe et sa famille. Dans le cas contraire… Elle secoue la tête. Elle refuse d'y penser pour le moment. Le dîner à venir l'inquiète déjà suffisamment.

Philippe se trouve dans les appartements royaux, entre les murs du château d'Ulstead. Enfant, il adorait venir dans les vastes pièces et épier, depuis les ailes, son père négocier avec des dignitaires étrangers, ou réunir son conseil de guerre pour planifier des attaques. Le mobilier fastueux et démesuré lui semblait alors gigantesque ; les larges têtes d'animaux accrochées au mur paraissaient toujours le suivre des yeux comme par magie. Il était à la fois terrifié et intrigué par les trophées que le roi Jean gardait dans ses appartements, sous l'insistance de la reine. Cet endroit était exotique et étranger. Le manque de vie – au sens propre comme au figuré – l'a toujours mis mal à l'aise.

À mesure que Philippe grandissait, la fascination s'est estompée. Désormais, il trouve déprimants les yeux sans vie des animaux. Et bien qu'il apprécie encore de passer du temps avec son père, il souhaite souvent que cela se passe à l'extérieur, loin de la pièce qui, malgré sa taille et le feu omniprésent, l'étouffe et lui glace le sang.

N'ayant pas conscience des sombres pensées de son fils, le roi Jean arpente la pièce. Il arbore un large sourire, une épée à la main.

– Je veux que tu la portes ce soir, dit-il en la lui tendant.

– L'épée du roi ?

Philippe la saisit avec prudence. L'arme est étonnamment légère. Il l'a vue attachée à la ceinture de son père des centaines de fois et, dans sa tête, elle devait être une arme lourde et peu maniable. Philippe comprend la symbolique du geste de son père, mais le roi semble ressentir le besoin de lui fournir tout de même une explication.

– Grâce à toi, dit-il d'une voix emplie de fierté, Ulstead et la Lande seront enfin réunies.

Philippe hoche la tête, et tente de rendre l'épée.

– Mon amour pour Aurore n'a rien à voir avec la politique, proteste-t-il.

– Ton amour va garantir la paix pendant plusieurs générations, argue le roi Jean, changeant légèrement d'expression, mais juste assez pour montrer qu'il comprend.

Puis ses yeux s'emplissent de larmes. Philippe lutte pour ne pas sourire. Son père est un grand romantique… Il aurait dû se douter que, pour lui, le mariage est une union d'amour avant tout ! Le roi repousse l'épée dans la main de Philippe et ajoute :

– Je n'ai jamais été aussi fier.

Philippe rengaine l'épée, dansant d'un pied sur l'autre alors qu'il s'habitue au poids de l'objet à sa hanche. Puis il se tourne vers son père. Il ne s'est pas rendu dans les appartements royaux sans raison : il doit lui parler de sa mère. Avant qu'elle ne se ressaisisse, Philippe a aperçu un éclair de colère sur son visage, en entendant la nouvelle, et cela le préoccupe. Il est venu trouver son père, comme chaque fois qu'il se fait du souci.

– Et mère ? demande-t-il enfin. Est-elle contrariée ?

– Elle apprendra à aimer ceux que tu aimes, répond le roi sans hésiter.

Puis, donnant une petite tape dans le dos de Philippe, il se met à raconter l'histoire de l'annonce de ses fiançailles avec Ingrith.

Philippe ne l'écoute qu'à moitié. Il espère que son père a raison… Mais une partie de lui souhaiterait que sa mère n'ait pas besoin d'*apprendre* à apprécier Aurore. Il n'attend pas d'elle qu'elle l'aime d'un amour aussi inconditionnel que lui, mais pourquoi a-t-elle autant de mal à adopter la jeune fille quand tous les autres le font avec tant de joie et de facilité ? Ingrith en est-elle incapable ? Ou le refuse-t-elle simplement ?

Chapitre CINQ

Tapie dans l'ombre des appartements royaux, la reine Ingrith a écouté son mari et son fils déblatérer à propos d'amour et d'unité. Elle est heureuse que son visage soit resté caché ; au moins, les deux hommes n'ont pas pu voir le roulement de ses yeux ou la petite grimace qu'elle arborait en entendant qu'elle apprendrait à aimer Aurore avec le temps. Tout le temps du monde ne saurait suffire ! Pour elle, Aurore n'est qu'un pion dans la partie d'échecs qu'elle joue en secret depuis des années.

Elle en a entendu plus qu'elle ne l'aurait voulu. Ingrith se glisse dans l'intimité de sa garde-robe. Cet endroit est interdit à Jean et, en majeure partie, à tous les serviteurs du château. À part à une poignée de femmes de chambre qu'elle juge dignes de confiance, elle garde cette pièce interdite aux visiteurs, et c'est cette tranquillité qu'elle aime. Marchant au centre de la pièce, elle respire profondément. Cet endroit l'apaise… De chaque côté des murs sont alignées de fastueuses robes grises, argentées, blanches et noires. Il n'y a pas la moindre couleur ; elle trouve l'effet du monochrome plaisant. Les diamants et autres pierres précieuses se trouvent sur les étagères, et des dizaines et des dizaines de chaussures sont assemblées sur un autre mur. Contre le mur du fond, plusieurs mannequins sont façonnés à ses mesures, et les robes les plus fragiles et les plus magnifiques les ornent.

Ingrith s'avance vers elles, la main tendue. Mais au lieu de passer ses doigts sur la dentelle délicate de l'une d'elles, elle la presse. Le mannequin bascule en arrière dans un léger *clic*. Derrière lui, une porte s'ouvre, révélant un escalier qui disparaît dans l'obscurité.

La reine s'autorise un faible sourire. C'est la véritable raison pour laquelle elle aime sa garde-robe et qu'elle ne laisse personne y pénétrer. Ou disons plutôt que la porte constitue la raison qui explique pourquoi elle garde ses appartements privés.

Se glissant près du mannequin, Ingrith franchit la porte et descend l'escalier. Ses pas font écho contre les murs de pierre alors qu'elle s'enfonce de plus en plus. Tous les mètres, une applique illumine la cage d'escalier, révélant la pierre ancienne toujours froide et humide. Mais pas besoin de lumière pour savoir où aller : elle a fait ce trajet bien plus de fois qu'elle ne pourrait le compter.

Alors qu'elle approche du bas des marches, l'espace s'éclaire et elle entend de l'eau bouillir. De temps à autre, un cliquetis résonne, comme si quelque chose frappait du verre. Enfin, elle arrive à un palier. Ingrith s'enfonce dans l'énorme espace caverneux. Les toits voûtés s'élèvent à près de cinq mètres, et de nombreux ponts de pierre morcellent l'espace, dévoilant une pièce encore plus grande en contrebas. Ingrith s'avance pour y jeter un coup d'œil.

Sa réaction est toujours la même quand elle observe son laboratoire : un mélange de plaisir et de fierté. Elle a passé des années à faire de cet endroit ce qu'il est aujourd'hui… Chaque pièce de son équipement étincelant a été triée sur le volet. Chaque spécimen s'y trouve sur ses ordres. Chaque expérience est exécutée à sa demande. Ses yeux se plissent alors qu'elle parcourt la pièce à la recherche de Lèchebotte. Repérant la fée penchée sur une paillasse, elle s'approche de lui.

Il ne l'entend pas tout de suite. Ses gros yeux jaunes sont focalisés sur le microscope, face à lui, et ses longs doigts fins entourent le tube noir qui mène aux lentilles. Alors qu'il regarde dans l'oculaire, ses doigts se resserrent puis se relâchent, rappelant à Ingrith une araignée tissant sa toile. La peau de Lèchebotte, autrefois douce et de la couleur de la lune, a pris depuis longtemps une teinte d'un jaune spongieux. Elle est marbrée de taches et de cicatrices, apparues au fil des années et des incidents dans le laboratoire. Même ses vêtements ont pris cette teinte jaunâtre. La large poche de son tablier taché est pleine de matériel divers – aucun ne semble particulièrement propre. Ingrith déteste le côté souillon de Lèchebotte, mais elle tente d'en faire abstraction. Après tout, elle a besoin de lui pour le travail, pas pour l'accompagner au bal…

Lèchebotte est le seul à être au courant du laboratoire de la reine. Capturé par Ingrith, il a perdu ses ailes – et son âme –, et est devenu son expérimentateur. Au fil des années, il a même oublié qu'il était une fée, autrefois. Il parle souvent de lui comme d'un humain, et Ingrith a cessé de le corriger. Il servira mieux sa cause s'il ne ressent pas la moindre connexion avec les fées sur lesquelles il travaille au nom de la « science »… Ou plutôt, au nom d'Ingrith. Sans l'ombre d'un remords, il passe ses journées et ses nuits replié dans les entrailles du château d'Ulstead, à faire des tests rudimentaires sur sa propre espèce.

Il relève la tête de son microscope et, enfilant une paire de lunettes de sécurité, il tourne ses gros yeux jaunes vers une fleur d'un rouge brillant. Il fredonne en continuant son travail, incisant le cœur de la fleur, au-dessus d'une plaque en verre, pour en faire sortir une poudre dorée. La magnifique fleur ne semble pas à sa place dans cette pièce obscure et entre les mains spongieuses de Lèchebotte. Tout autour de lui se trouvent des dizaines de jarres en verre, à l'intérieur desquelles des fées de toutes formes et de toutes tailles sont emprisonnées. C'est là que se trouvent celles de la Lande – disparues sur ordre d'Ingrith.

En entendant le pas de la reine, Lèchebotte lève la tête. Il cligne rapidement des yeux en s'inclinant.

– Votre Majesté.

– Tu dois avancer plus rapidement, Lèchebotte, répond la reine, sans s'embarrasser des civilités.

Elle hésite et jette un rapide coup d'œil à la fleur avant de s'avancer vers une alcôve au fond du laboratoire.

À cet endroit, le sol est recouvert d'immenses piles de reliques mythiques de toutes sortes. D'autres objets ont été volontairement placés avec soin sur des étagères, le long des murs. On y trouve des bols en bois remplis d'objets méconnaissables et pourris depuis des lustres, des jarres étiquetées « larmes de licorne » et « dents de Pégase », et même ce qui semble être un crâne de dragon. Tous ces éléments donnent l'impression d'entrer dans un musée empli d'objets mystérieux provenant du monde entier, vestiges d'une époque lointaine où les gens croyaient aux mythes et à la magie. Au cœur de l'alcôve, séparé des autres pièces, se trouve le bien le plus précieux d'Ingrith. Elle l'a repéré, il y a près de cinq ans, et l'a secrètement placé ici. Aujourd'hui encore, dans le laboratoire sombre et humide, il semble étinceler d'une magie non exploitée. Elle s'avance encore, les yeux rivés sur le rouet.

Lèchebotte apparaît dans son dos. Suivant son regard, il hoche la tête.

– Je n'ai jamais compris votre quête d'obtention d'un rouet, Votre Majesté.

Ingrith ne se retourne pas, les yeux toujours focalisés sur l'instrument.

– C'est le seul trésor dont j'aurai à jamais besoin, répond-elle.

À terme, Lèchebotte comprendra. À terme, *tout le monde* comprendra.

Maléfique a passé une bonne partie de l'après-midi dans la chaumière qui était autrefois la maison d'Aurore. Quand la jeune fille est devenue reine de la Lande, la bâtisse a été abandonnée et reprise par les herbes et les fleurs sauvages, qui poussent désormais à travers le sol en enveloppant les meubles délabrés. La poussière recouvre le peu de surfaces apparentes et, quand des rayons du soleil réussissent à traverser les fenêtres sales, ils illuminent les grains qui flottent dans l'air.

Malgré son état, la chaumière est toujours réconfortante. Peut-être est-ce dû au souvenir de l'époque où Aurore s'y trouvait et à l'amour qu'elle a placé dans cette maison et dans tout ce qu'elle faisait… Se tenant près de la fenêtre de la chambre d'Aurore, Maléfique observe le petit berceau, qui se trouve toujours dans le coin opposé. Sa gorge est nouée par le souvenir des fois passées à regarder la fillette dormir paisiblement, ses minuscules mains agrippées au doux morceau d'étoffe qu'elle emportait partout avec elle. Elle se rappelle la façon dont le nez d'Aurore se retroussait dans son sommeil, comme si elle sentait une délicieuse odeur, et le fait qu'elle se réveillait toujours avec le sourire… *Même enfant, Aurore avait toujours vu le bien chez tout le monde – y compris Maléfique.*

La fée noire ne peut donc pas se permettre de l'abandonner – même si cela implique de se rendre au château d'Ulstead pour dîner avec l'ennemi.

Elle quitte la chaumière en volant pour retourner au château d'Aurore. Convoquant Diaval, elle se fraie un chemin vers une petite mare qui lui permet de voir son reflet.

Voilà une heure qu'elle s'entraîne à sourire.

Étirant ses lèvres pour la centième fois, elle se tourne vers Diaval. Dans sa forme humaine, il se tient à bonne distance. Il sait bien que, quand Maléfique lui demande son avis, elle le prend rarement bien…

– Essayez avec un peu moins de crocs, suggère-t-il.

– Et là ? demande Maléfique en soulevant sa lèvre supérieure qui se retrouve étrangement perchée au-dessus de ses crocs.

Diaval secoue la tête.

– Maîtresse, mon sourire est plus sympathique, argue-t-il. Et pourtant, j'ai un bec…

Maléfique lève la main, ses doigts se contractent, prêts à rechanger l'homme agaçant en oiseau silencieux. Mais avant qu'elle n'y parvienne, Diaval l'arrête.

– Attendez ! crie-t-il dans une tentative désespérée pour sauver sa peau. Réessayez les salutations !

Maléfique soupire mais elle baisse les doigts. Diaval a raison d'insister. Bien qu'elle n'ait aucune envie de se rendre à ce dîner, elle ne le fait pas pour elle, mais pour Aurore. Et cela implique de jouer son rôle jusqu'aux sourires et aux bonjours forcés ! Elle prend donc une profonde inspiration, puis recommence avec un léger signe de tête.

– Que c'est gentil de m'avoir invitée, dit-elle d'une voix grinçante, même pour ses oreilles.

– Rappelez-vous, reprend Diaval : ce n'est pas une menace.

Maléfique hoche la tête et recommence. Elle pense à chaque chose mielleuse qu'elle a entendu Aurore dire. Elle pense aux inflexions de la voix de la jeune fille dans les aigus quand elle tente d'assurer à Maléfique qu'elle va bien. Se concentrant sur la jeune fille, la fée réessaie.

– Que c'est gentil de m'avoir invitée.

Sa voix est désormais anormalement sympathique.

– Mieux ! commente Diaval. Et maintenant, la révérence.

Maléfique en a terminé. Elle n'a même pas à lever le doigt pour faire reculer Diaval. Elle en a assez. C'est toute la politesse dont elle est capable, et maintenant, elle a besoin d'une pause.

Diaval ressent sa frustration, et son visage s'adoucit.

– Elle aime beaucoup ce garçon, explique-t-il doucement. Vous faites un acte d'une grande bonté…

Maléfique ouvre la bouche, une réplique sarcastique sur le bout de la langue, mais elle s'arrête en apercevant Aurore. Vêtue d'une robe simple, rose pâle, qui caresse le sol, l'encolure à peine plongeante et sans autre parure, elle a toute l'élégance d'une reine. Quelques fleurs sont glissées dans la partie haute de ses cheveux, ramenés en arrière, accentuant ses grands yeux et ses joues roses. Ses longues boucles blondes détachées se balancent dans la douce brise qui souffle dans la clairière.

– Très jolie ! commente Diaval, voyant que Maléfique reste silencieuse.

Aurore sourit à son vieil ami avant de venir se placer devant sa marraine. Elle tient quelque chose.

– J'ai quelque chose pour vous, annonce-t-elle.

Levant les mains, la jeune fille dévoile un long foulard noir. Le tissu est uni, mais riche et lourd ; il est de la même étoffe que la robe de Maléfique.

– C'est… pour vos cornes, explique-t-elle, avant de marquer une pause en souriant nerveusement. J'ai simplement pensé que cela mettrait la famille de Philippe plus à l'aise.

Cela fait mal.

Maléfique inspire vivement. C'est un réflexe datant de l'époque lointaine où elle trouvait que ses cornes étaient une source de honte. Cela faisait un moment qu'elle n'avait plus ressenti le besoin de cacher qui elle est aux autres. Cette pensée la rend malade tout en la mettant en colère. Son expression doit clairement révéler ses pensées, car Aurore prend immédiatement un air contrit.

– Et pour vous aussi ! ajoute-t-elle. Mais c'est peut-être une mauvaise idée…

Les paroles de Diaval rappelant l'amour d'Aurore pour Philippe reviennent en mémoire à Maléfique, et elle se remémore le berceau dans la chaumière. Sa filleule n'a jamais rien voulu d'autre que son amour… Et il a fallu des années à la fée noire pour comprendre à quel point la fille était importante pour elle, et plus encore pour s'acclimater à cet amour. Si Aurore lui a appris une chose, c'est que la gentillesse se trouve dans les gestes les plus simples. Lentement, elle tend la main et prend le rouleau de tissu des mains d'Aurore.

– Merci, lâche la jeune fille, soulagée.

Maléfique hoche la tête.

– Allons-y. Finissons-en.

Elle se retourne et quitte la clairière à grandes enjambées, en direction du cœur de la Lande. Elle entend Aurore et Diaval la suivre. Alors qu'ils marchent, le soleil se cache derrière l'horizon et, au-dessus d'eux, les fées des lucioles s'envolent, éclairant le chemin du trio qui s'avance vers la frontière. Le groupe est silencieux, chacun perdu dans ses pensées concernant la soirée à venir. Tout en marchant, Maléfique entoure ses cornes avec le foulard. Au moment où ils approchent de la rivière qui sépare la Lande d'Ulstead, ses cornes sont dissimulées. Au premier coup d'œil, Maléfique semble presque humaine… Mais ses yeux d'un vert brillant et ses ailes noires gigantesques empêchent l'illusion d'être complète.

Arrivés au bord de la rivière qui relie les deux royaumes, Maléfique hésite. C'est la première fois depuis très longtemps qu'elle s'éloigne autant de la Lande. De l'autre côté de l'eau, elle aperçoit les lumières du village qui s'allument une à une. De l'endroit où elle se tient, cela ressemble presque à des fées des lucioles qui scintillent au-dessus d'eux. Mais Maléfique n'est pas dupe ; elle sait que, pour chaque lumière allumée, il y a un humain. Et là où il y a des humains, il y a de la méfiance… et du fer.

Après une profonde inspiration, Maléfique se remet en route. D'un geste de la main, un pont fait de fleurs et de vignes apparaît. Elle s'avance, les autres sur les talons. Bien que la moindre parcelle de son corps veuille faire demi-tour ou s'envoler au loin, Maléfique sait que cela est impossible. Par-dessus son épaule, elle aperçoit Aurore dont le visage rayonne à l'idée de voir Philippe.

Non, Maléfique ne peut pas faire marche arrière.

Il ne leur faut pas longtemps pour atteindre le village, qui se trouve au pied du château d'Ulstead. Alors qu'ils remontent la rue principale, ils entendent des volets claquer. Quelques villageois tardent dans la rue, tenant des torches face à eux, d'un air menaçant. Mais mis à part cela, le village est presque désert.

– Quel accueil chaleureux, commente Maléfique, un sourcil levé en regardant autour d'elle.

– À leur décharge, vous avez déclenché une guerre dans le dernier royaume que vous avez visité… souligne Diaval.

Maléfique hausse les épaules. Elle ne peut pas le nier. Alors qu'ils poursuivent leur route, un groupe de jeunes enfants passent. Ils fixent le trio, bouche bée, les yeux écarquillés. En leur souriant – crocs inclus –, Maléfique réprime un rire quand ils s'enfuient en glapissant. C'est bien trop facile : les petits humains sont des créatures si aisément effrayées !

Enfin, le groupe arrive à la porte principale. Alors qu'ils franchissent la voûte majestueuse, Maléfique repère les soldats au garde-à-vous. Pour un royaume en paix, ils semblent vraiment parés à la guerre. Leur jetant un regard, Maléfique continue d'avancer d'un bon pas. Mais elle est forcée de s'arrêter quand le château d'Ulstead apparaît dans sa totalité.

Le château est massif. Les pointes de ses tours les plus hautes s'élancent dans le ciel, et tout ce qui les entoure est également démesuré. D'énormes topiaires alignées le long de l'entrée représentent une ménagerie d'animaux sauvages et domestiques. Des loups se recroquevillent sous les sabots des chevaux ; des éléphants se cabrent à côté de chiens qui aboient. Maléfique ne peut s'empêcher de trouver tout cela grotesque. Sortant les crocs, elle passe son chemin. Elle longe alors près d'une dizaine d'armures, toutes de taille démesurée ; aucun humain ne pourrait les porter ; elles font office de symbole. Et, accroché au plafond, un chandelier dégouline de joyaux et de la cire d'un millier de bougies.

En entrant dans le vestibule et en s'avançant dans le hall, Maléfique frémit. À côté des boucliers et des armes en fer, d'énormes peintures alignées au mur représentent des scènes de l'homme face à la nature. Un roi en chasse, ses limiers poursuivant un chevreuil effrayé. Un autre roi et sa dizaine de soldats abattant un énorme ours. Plus loin, une tapisserie gigantesque, large de près de six mètres, dépeint saint Georges terrassant un dragon.

– Songeriez-vous à me changer en ours ? demande Diaval, détournant l'attention de Maléfique des œuvres d'art.

Sa voix, bien que douce, résonne sous les hauts plafonds.

– Je pense que je ferais un ours plutôt impressionnant. Avez-vous vu leurs griffes ? poursuit-il.

La fée lui lance un regard agacé.

– Pourquoi me parles-tu d'ours ? demande-t-elle.

C'est alors qu'elle remarque que son visage a blêmi et qu'il semble aussi secoué qu'elle. Elle sourit légèrement en comprenant qu'elle connaît la réponse à sa question.

– Tu essaies de me distraire.

– Je pensais que ça aiderait… répond Diaval dans un haussement d'épaules.

L'espace d'un instant, Maléfique imagine Diaval sous les traits d'un ours. Tentant, mais non. Elle hoche la tête.

– Absolument pas, finit-elle par dire. Hors de question !

Diaval rit toujours alors qu'ils atteignent la salle principale. Mais son rire meurt quand les portes massives s'ouvrent. De l'autre côté se tiennent Philippe et ses parents.

– Je vous présente… Aurore, reine de la Lande ! annonce Gerda.

Maléfique regarde sa filleule du coin de l'œil. Elle aime Aurore, mais le prix à payer semble élevé. Ses cornes ne sont-elles qu'un tribut pour rendre Aurore heureuse et apaiser les humains que sont le roi et la reine ? Prenant une profonde inspiration, elle relève la tête. Ce serait tellement plus simple s'il s'agissait d'un cauchemar, si elle pouvait se contenter d'ouvrir les yeux pour se réveiller…

Mais il est trop tard pour faire demi-tour. Le roi et la reine ne sont pas les enfants du village. Un rictus ne les effraiera pas. Elle devra se donner en spectacle et espérer que la soirée se déroule rapidement. À moins qu'elle ne réussisse à être « malade »… Elle regarde Diaval. Pourquoi n'y a-t-elle pas pensé plus tôt ? Prenant une profonde inspiration, elle regarde droit devant elle. Elle devrait s'en souvenir la prochaine fois qu'elle sera forcée à jouer les gentilles avec les parents de Philippe. Si tant est qu'il y ait une prochaine fois…

Chapitre SIX

Le cœur d'Aurore bat la chamade. Après toutes ces années passées avec Philippe, elle n'a jamais rencontré ses parents ni même visité son château. Elle n'avait jamais trouvé cela étrange… jusqu'à cet instant. Se tenant sur le seuil, elle se sent petite et provinciale. Tout dans le palais d'Ulstead, chez le roi et la reine, crie « opulence » et « élégance ». Elle passe une main nerveuse le long de sa robe et se demande brièvement si elle aurait dû porter autre chose.

Mais Philippe s'avance alors, un large sourire sur le visage, et tous les doutes d'Aurore s'envolent. Peu importe où il vit : il l'aime. Voilà tout ce qui compte.

– Aurore… fait-il en lui prenant les mains et en baissant la tête pour qu'elle seule l'entende. Je suis ravi de vous voir.

Aurore serre ses mains en lui souriant.

– Je n'arrive pas à croire que vous avez grandi ici, chuchote-t-elle. C'est magnifique !

– Ce n'est qu'une maison ordinaire… avec cinquante-sept chambres, répond-il en riant.

Son rire la détend. Certes, sa demeure est plus grande que tout son royaume, mais cela ne change pas celui qu'il est. Et au moins, il sait rire de l'absurdité de la situation ! Aurore sent son amour pour lui grandir encore.

Tenant sa main de façon rassurante, le prince se redresse et se retourne pour qu'Aurore et lui se retrouvent face à ses parents, ensemble. Le roi Jean, y percevant un signal, s'avance. Immédiatement, le roi attire la jeune fille dans une énorme étreinte.

– Aurore, dit-il d'une voix chaleureuse. C'est un réel honneur. Bienvenue à Ulstead !

Aurore ne peut s'empêcher de sourire au père de Philippe. C'est une version plus petite et plus ronde de son fils, avec une douceur presque enfantine.

– Tout le plaisir est pour moi, Votre Majesté, répond-elle.

Elle recule et se tourne vers la reine qui s'avance à son tour. La jeune fille ressent une bouffée d'angoisse devant la magnifique femme qui se tient devant elle. À la lumière des bougies au mur, les pommettes de la reine Ingrith sont acérées, et ses yeux sont froids. Sa robe argentée ornée de centaines de pierres précieuses étincelantes fait qu'Aurore se sent de nouveau quelconque. Mais la femme lui sourit en lui tendant la main.

– Quelle fille magnifique ! dit-elle d'une voix douce. Je comprends comment tu as volé le cœur de Philippe.

Alors qu'Aurore s'apprête à lui prendre la main, la reine éternue. Aurore recule, alarmée.

– Les fleurs à tes cheveux ! explique la reine en se couvrant le nez. J'y suis allergique !

– Je suis vraiment navrée, Votre Majesté, répond rapidement Aurore en levant instinctivement une main vers sa tête.

Elle a oublié ce que Philippe a pourtant mentionné : sa mère est allergique à tout. Mais avant que la jeune fille ne puisse ajouter quoi que ce soit, elle entend des bruits de pas.

– Je vous présente Maléfique, annonce Gerda d'une voix forte.

Un instant plus tard, Maléfique entre dans la pièce. Ses ailes puissantes traînent sur le sol derrière elle tandis qu'elle s'avance. Son expression est indéchiffrable. Diaval la suit, et on peut lire l'anxiété sur son visage lorsqu'il prend conscience de son environnement.

– Bonjour, Maléfique, dit Philippe en s'avançant. Ravi de vous revoir.

Aurore le regarde, le remerciant silencieusement. Elle sait qu'il s'agit également d'un moment compliqué pour lui. Mais, comme toujours, il gère la situation en parfait gentilhomme. Désignant ses parents du geste, il poursuit :

– Voici mon père, le roi Jean d'Ulstead, et ma mère, la reine Ingrith.

– Bienvenue chez nous ! ajoute le roi Jean chaleureusement.

Maléfique ne bouge pas. Aurore retient sa respiration en regardant sa marraine croiser le regard de la reine Ingrith. Un long moment s'écoule durant lequel Aurore est sûre qu'une chose terrible va arriver. Puis, à sa grande surprise, Maléfique fait un léger signe de tête.

– Que c'est gentil de m'avoir invitée, fait-elle.

Aurore manque défaillir de soulagement et articule un « Merci » silencieux à l'attention de Diaval. Elle sait qu'il en est responsable.

N'ayant pas conscience des tensions, le roi Jean sourit largement.

– J'imagine que vous n'avez eu aucun mal à trouver le château !

Maléfique cherche Diaval des yeux. Aurore sait exactement ce que cela signifie. À l'évidence, ses précieux conseils ne sont pas allés au-delà du premier « Bonjour »… La conversation n'était pas au programme. Se tournant vers le roi, Maléfique hausse un sourcil.

– Pourquoi ? demande-t-elle. J'aurais dû ?

Diaval s'immisce dans la conversation, tentant de sauver la situation.

– Pas le moindre problème.

– Voici Diaval.

Aurore présente son ami, puisque personne d'autre ne l'a fait. Elle ne prend pas la peine de préciser qu'il s'agit en fait d'un corbeau sous forme humaine… C'est un sujet dont ils pourront discuter plus tard.

La reine Ingrith hoche la tête.

– Merci d'être venus, dit-elle. Je vous en prie, faites comme chez vous.

À ce moment précis, le son de la cloche retentit, et une domestique annonce que le dîner est servi. Poussant un soupir de soulagement, Aurore suit le roi et la reine à travers le couloir. Maléfique a survécu aux présentations. Il ne leur reste plus que le repas. Cela ne devrait pas être trop difficile…

Des bougies éclairent une immense table au milieu d'une salle à manger tout aussi massive. Dans un coin, un groupe de musiciens joue doucement tandis que des domestiques s'activent à recouvrir la table de nourriture et de boisson. Malgré les dizaines de bougies et les lourds rideaux alignés le long des fenêtres, la pièce semble étrangement froide. Aurore a la sensation que celle-ci est trop grande pour être chauffée.

Aurore suit Gerda jusqu'à sa place et s'assied à côté de Diaval. La garde pousse doucement le siège de la jeune fille, puis recule et va se tenir près de Perceval. Aurore fait un signe de tête au soldat, qu'elle n'a rencontré que rarement, mais dont Philippe lui a beaucoup parlé. Le jeune homme semble anxieux, et a la mine renfrognée en lui retournant son signe de tête.

En face d'elle, Philippe et ses parents sont eux aussi conduits à leurs places. Bien qu'elle se sente mal à l'aise face à tant de formalités, la famille royale semble complètement dans son élément. *Ils mangent sans doute ainsi chaque soir,* songe Aurore avant de se tourner pour voir Maléfique s'approcher de la table. Le siège qui attend la fée noire est décoré, et il arbore un haut dossier et de lourds accoudoirs. Aurore remarque qu'il est impossible que Maléfique s'y assoie avec ses ailes… Par chance, Diaval est arrivé à la même conclusion qu'elle et, se levant d'un bond, il trouve un siège pour remplacer le fauteuil. Le remerciant d'un signe de tête, Maléfique s'assied, repliant ses énormes ailes noires derrière elle. Le sommet de ses ailes la domine. On la croirait assise sur un trône noir encore plus haut que ceux du roi Jean et de la reine Ingrith.

Alors que la fée s'installe, une énorme chatte, Arabella, arrive d'un pas pesant. Attentive à Diaval, elle grimpe sur sa propre chaise et se met à faire sa toilette.

Un instant plus tard, les domestiques déposent des assiettes en or face aux convives. Aurore baisse les yeux, impressionnée. Elle sait que ce dîner est important, mais elle ne s'attendait pas à un traitement si raffiné. Là encore, étant donné ce qu'elle a vu du château jusqu'à présent, il s'agit peut-être du traitement royal habituel ? Portant sa coupe, elle aussi en or, à ses lèvres, Aurore boit une gorgée en observant le reste de la tablée. Tout n'est qu'opulence, des assiettes dorées aux chandeliers en passant par les nombreuses pièces d'argenterie. Les domestiques apportent alors une quantité incroyable de nourriture, recouverte de cloches en métal. Mais bien que la table soit remplie, Aurore constate qu'elle manque de fleurs ou de décoration naturelle. Dès qu'elle organise un dîner dans la Lande, sa table à elle est couverte de fleurs…

Satisfaite de voir que tout le monde est prêt, Ingrith ôte le couvercle du premier plat. Sur l'assiette se trouve une volaille entière. Aurore déglutit nerveusement en attendant la réaction de Maléfique.

– De la volaille rôtie, commente la fée noire. Délicieux !

À ses côtés, un domestique place une volaille face à Diaval. L'homme fixe celle-ci avec horreur, et Aurore ressent une vague de sympathie à son égard. Aucune chance que Diaval mange un oiseau : il *est* un oiseau ! Maléfique, elle, fait un effort. Aurore regarde sa marraine attraper sa fourchette. Mais dès que ses doigts touchent l'ustensile, la fée noire a un sursaut et le relâche sur la table.

– Maléfique ? demande la reine Ingrith. Y a-t-il un problème ?

– Le fer, répond simplement Maléfique.

Aurore s'agite sur son siège.

– Majesté, la nature vous provoque des allergies de la même manière que le fer est hostile à Maléfique, explique-t-elle le plus gentiment possible.

– Je l'ignorais ! Qu'on l'enlève ! ordonne la reine Ingrith à un domestique de passage.

Bien que la reine semble désolée, sa voix est antipathique. Elle repose alors son regard sur Maléfique.

– Je suis allergique à *toutes* les formes de la nature, explique-t-elle. Même un rayon de soleil peut endommager ma peau.

Le roi Jean prend une énorme bouchée de sa volaille, l'engloutit et glousse.

– Avez-vous déjà rencontré quelqu'un qui préfère l'obscurité ? demande-t-il pour tenter de faire une blague. Qui est debout toute la nuit ?

– Oui, répond platement Maléfique. Les chauves-souris.

Les yeux d'Ingrith se plissent à cette pique.

– J'imagine que vous n'avez pas besoin d'un couvert de rechange ?

Son ton est léger, mais Ingrith veut clairement insulter Maléfique. La fée noire n'est, après tout, pas vraiment humaine.

Aurore lance un coup d'œil à Philippe. Leurs regards se croisent, et elle le supplie en silence de faire quelque chose. N'ayant aucun mal à comprendre le message, Philippe tente de changer de sujet.

– Quelle vague de chaleur, fait-il.

– En effet ! répond Aurore dont la voix paraît exagérément empressée, même à ses oreilles.

Le roi Jean, lui, ne semble rien remarquer. Il cogne sa fourchette contre sa coupe. Comme le verre est en or massif, le bruit se rapproche plus du martèlement que du cliquetis, mais il obtient l'attention de tous.

– Nous aimerions offrir un petit présent à Philippe et Aurore, pour célébrer leur glorieux avenir ensemble.

À son signal, un domestique pousse un énorme berceau orné d'or massif qu'il place au milieu de la pièce.

– Ingrith l'a choisi elle-même.

Aurore et Maléfique fixent le berceau un long moment, pensant chacune la même chose : ce n'est pas adapté à un nourrisson. Les berceaux sont censés être rassurants et confortables… Quel bébé serait apaisé par une telle chose ?

– C'est… ravissant, finit par lâcher Aurore, qui retrouve sa voix et ses bonnes manières.

Ingrith semble satisfaite.

– C'est seulement que j'ai hâte d'avoir à nouveau un petit qui court à travers le château, dit-elle.

Aurore lutte pour masquer sa surprise. Bien que Philippe n'ait jamais dit un mot de travers à propos de sa mère, il n'a jamais tenu de parole particulièrement chaleureuse non plus. Plus d'une fois, il a sous-entendu qu'il était bien plus proche de son père parce que sa mère était distante. Aurore a du mal à imaginer Ingrith pourchassant un jeune Philippe… En réalité, elle n'y arrive même pas du tout. Mais cette déclaration a autre chose de dérangeant : Philippe et elle n'ont jamais parlé d'enfants. Après tout, ils viennent tout juste de se fiancer ! De plus, Aurore partait du principe que ses enfants seraient élevés dans la Lande, comme elle…

Maléfique semble partager son avis. Détournant les yeux du berceau doré, elle pose son regard froid sur Ingrith.

– À travers *ce* château ? demande-t-elle.

Ingrith acquiesce.

– Bien entendu ! répond-elle, le ton aussi glacial que le regard de Maléfique. Ce sera leur demeure.

Maléfique se tourne vers Aurore. Elle lève un sourcil parfaitement arqué, comme pour dire : « Oh, vraiment ? ».

Mais avant que la jeune reine ne puisse répondre, le roi Jean bafouille :

– Nous avons entendu dire qu'Aurore possédait son propre château…

– Oui, et d'aillleurs, je suis curieuse, ajoute Ingrith. Comment Aurore est-elle devenue reine de la Lande ?

Maléfique attrape l'aliment le plus inoffensif sur son assiette – une pointe d'asperge solitaire – et le croque. Le bruit sec retentit à travers la pièce surdimensionnée.

– Je l'ai nommée reine, répond-elle simplement.

– Son château est ravissant ! glisse Philippe en regardant ses parents. Il faut que vous le voyiez !

Aurore a très envie de le prendre dans ses bras. Il fait tant d'efforts pour que la conversation reste légère !

Cependant, Ingrith a une idée en tête, et elle ne laissera personne l'en détourner.

– Mais au fait, poursuit-elle, elle a un autre château… N'est-ce pas ?

– Mère, l'avertit Philippe.

Ingrith l'ignore.

– Il y en a un dans la Lande, et un autre laissé par son père. Le roi… Stéphane, non ?

À la mention de ce nom, Aurore et Maléfique se crispent. Prenant une profonde inspiration, Aurore tente de calmer son cœur. Elle ne comprend pas pourquoi la mère de Philippe ressent le besoin de faire resurgir le passé, mais elle ne compte pas laisser cet incident gâcher le présent. Choisissant la voie de la sagesse, elle hoche la tête et répond :

– Ce château n'a jamais été ma demeure. Il a été donné au peuple.

– Mais tu es donc une vraie princesse, insiste Ingrith, même si Stéphane est décédé. Ou… a-t-il été tué ? Rafraîchissez-moi la mémoire : est-il mort ou a-t-il été tué ?

La moindre chaleur qui se serait glissée dans la salle durant la première partie du dîner s'est évaporée.

Voyant les joues roses d'Aurore perdre de leur éclat, sa marrainese renfrogne.

– Les deux, crache-t-elle.

Le silence se fait dans la pièce. Les yeux d'Ingrith sont rivés sur Maléfique, tandis que ceux de la fée noire ne quittent pas sa filleule. Aurore, quant à elle, fixe ses cuisses pour éviter que ses larmes ne coulent. Elle déteste repenser à cette nuit, qui remonte à des années. Elle a tant reçu depuis – l'amour de Maléfique, la Lande, Philippe – mais le prix s'est avéré élevé. Au beau milieu d'une soirée censée être tournée vers l'avenir, elle est malheureuse en repensant au passé.

– Je crois me souvenir de l'histoire d'un bébé… continue Ingrith. Un bébé condamné à dormir pour l'éternité.

Tandis qu'elle parle, ses yeux restent focalisés sur Maléfique. À l'évidence, la reine en sait davantage. Mais que sait-elle, au juste ?

Inconscient de la situation, le roi Jean pose une main sur son cœur.

– Mais qui ferait une telle chose à un enfant innocent ? demande-t-il, l'air vraiment horrifié.

Aurore aurait souri si elle n'était pas aussi bouleversée. Il n'a vraiment aucune idée de la situation.

Mais Maléfique, si.

– Nombreux sont ceux qui s'en prennent aux innocents, dit-elle. Et votre espèce est bien placée pour le savoir.

– Mon espèce ? répète Ingrith. Vous voulez dire les *humains* ?

Aurore en a assez. Relevant la tête, elle tente de mettre fin à la conversation une bonne fois pour toutes :

– Et si nous écoutions de la musique ? suggère-t-elle.

Au même instant, Philippe lève la main pour demander que l'on resserve des verres.

Mais il n'y a rien à faire. La conversation ne s'arrêtera pas.

– Des fées ont disparu de la Lande, avance Maléfique. Elles ont été kidnappées par des braconniers humains !

– C'est la première fois que j'en entends parler, répond Jean, vraiment surpris.

Maléfique hausse à peine ses frêles épaules pâles.

En un éclair, Ingrith profite du geste de la fée noire. Elle espérait qu'une telle chose se produise. Il y a de la jubilation dans ses yeux et de l'excitation dans sa voix quand elle reprend la parole :

– Vous semblez accuser Sa Majesté, dit-elle en feignant l'inquiétude.

– Il y a bien quelqu'un qui donne les ordres. Voilà tout ce que je dis, réplique Maléfique.

Instantanément, Ingrith est debout, le doigt pointé vers Maléfique.

– Comment osez-vous accuser le roi ?

Des éclats de voix se font entendre autour de la table. Alors que Philippe vole au secours de Maléfique, le roi se demande à voix haute pourquoi quiconque irait s'embêter à aller enlever une fée. Pendant ce temps, Ingrith poursuit ses accusations. Les deux seules à ne pas parler sont Aurore et Maléfique, mais les regards qu'elles échangent en disent long.

Perceval s'avance et s'éclaircit la gorge, captant l'attention des convives. Aurore se tourne vers lui. Elle ne le connaît qu'à travers les histoires que Philippe lui a racontées, mais elle n'aime pas ce qu'elle pressent. Ses soupçons se confirment quand il prend la parole.

– Votre Majesté, dit-il à l'attention du roi Jean. Je dois vous rapporter que deux paysans ont été retrouvés morts à l'orée de la Lande. Ils avaient disparu depuis des jours…

– Je vois, répond le roi Jean, bien que rien ne soit moins sûr.

Mais Ingrith saute sur l'occasion.

– Oui, nous voyons *tous*, glisse-t-elle. Les frontières sont ouvertes, mais les humains ne sont pas les bienvenus ! N'est-ce pas ?

Aurore en a suffisamment entendu. Elle a tenté d'esquiver la conversation à propos de son père ;

elle a tenté de faire semblant de ne pas voir que ce berceau représentait un jeu de pouvoir à peine masqué ; mais elle ne peut pas rester assise à écouter Ingrith et ses allégations à propos de la Lande, *son* royaume.

– Puis-je vous demander ce que vous sous-entendez, Majesté ? demande-t-elle d'une voix posée.

– Des hommes innocents se font abattre dans la Lande, répond Ingrith, et elle nous parle de fées !

Arabella, qui a passé la majeure partie du dîner sous la table à lorgner la jambe de Diaval, choisit ce moment pour attaquer. L'homme-corbeau hurle en tentant de s'écarter. Juste avant que les longues griffes de la chatte n'atteignent le visage de Diaval, Maléfique lâche un courant de magie verte, soulevant la chatte et la balançant comme un chandelier félin au-dessus de la table.

– Maîtrisez votre animal, dit-elle d'une voix glaciale, ou je m'en charge.

– Voyons, si je ne m'abuse, commente Ingrith qui profite de la scène, on dirait que vous me menacez…

– En êtes-vous sûre ? demande Maléfique.

La reine Ingrith lève un sourcil.

– Sûre de… ?

– De ne pas vous abuser ?

Le roi Jean claque la main sur la table.

– Ça suffit ! hurle-t-il, se comportant enfin comme un roi. Nous sommes ici pour festoyer !

Maléfique relâche enfin sa prise sur Arabella. La chatte tombe sur la table, puis saute sous le siège d'Ingrith.

Celle-ci acquiesce :

– Pardonnez-moi. Le roi a raison ! Nous devons nous rappeler pourquoi nous sommes réunis. J'aimerais porter un toast au commencement d'une vie nouvelle. À Aurore !

Elle marque une pause, levant sa coupe et ses yeux pour les river sur la fée noire.

– Vous avez fait un travail admirable, Maléfique, en allant contre votre nature pour élever cette enfant. Mais désormais, Aurore aura enfin l'amour d'une vraie famille. D'une vraie *mère.*

Une autre pause, et l'air semble s'épaissir. Aurore s'agite sur son siège. Elle se sent mal à l'aise, comme si elle surprenait une conversation qu'elle ne devrait pas entendre.

– Car s'il y a bien une chose que je regrette, conclut Ingrith, c'est de ne jamais avoir eu de fille. Mais ce soir, les choses vont changer. Ce soir, je considère Aurore… comme ma propre fille.

Chapitre SEPT

Maléfique fixe la femme qui lui fait face. Comment ose-t-elle ? Comment ose-t-elle, elle qui est assise là, dans sa robe de mauvais goût, lancer des accusations sous couvert de faux compliments ? Ingrith n'a-t-elle vraiment aucune idée de ce dont elle est capable, de quel type de magie elle contrôle ? Croit-elle pouvoir organiser un simple dîner et lui enlever Aurore aussi facilement ? Pense-t-elle sincèrement devenir la mère d'Aurore ?

Non. Ingrith est une imbécile. Et c'est tout ce qu'elle sera jamais.

Mais malheureusement, c'est une imbécile qui n'arrête pas de parler. Et à chaque mot prononcé, la patience de Maléfique s'amoindrit, et sa colère grandit.

Alors lentement, la fée noire se lève. Elle prend son bâton en main, et celui-ci se met à luire, illuminant son visage – et tout ce qui l'entoure – d'une teinte verte inquiétante. Le vent souffle dans la pièce, bien qu'aucune fenêtre ne soit ouverte. Les bougies vacillent et s'éteignent alors que le foulard sur la tête de Maléfique se dénoue, révélant ses larges cornes noires.

Elle entend la voix d'Aurore la supplier d'arrêter, mais elle en est incapable. Elle a tenté de jouer le jeu. Elle a accepté cette mascarade ridicule par amour pour elle. Mais elle ne va pas rester assise pendant qu'Ingrith menace de lui prendre la seule famille qu'elle aura jamais. Aurore est à elle. Elle ne fera jamais partie d'une autre famille – pas si Maléfique peut l'empêcher !

Repoussant son siège, Ingrith porte une main à sa poitrine alors que la magie verte continue de tourbillonner.

– Nous avons ouvert nos portes à une sorcière ! déclare-t-elle.

Puis elle fait un signe de tête à Perceval et à Gerda.

– Nous devons protéger le roi !

Alors que Perceval part chercher de l'aide, Gerda se faufile hors de la pièce. Maléfique ne leur prête aucune attention : ses yeux sont focalisés sur le roi et la reine. Toute bonté a maintenant disparu du visage du roi Jean. À ce moment, la fée comprend la manière dont le roi a gagné le contrôle sur des royaumes plus faibles à travers les guerres.

– Maléfique ! hurle-t-il. Vous devez partir sur-le-champ !

En réponse, Maléfique déploie ses ailes. Elle ne recevra d'ordres d'*aucun* roi – quel qu'il soit. Derrière elle, les portes s'ouvrent brusquement et une dizaine de gardes royaux, menés par Perceval, font irruption dans la pièce. D'un battement d'ailes, elle les envoie valser. Fonçant sur la porte, Diaval disparaît. Maléfique ne peut qu'espérer qu'il ira se mettre à l'abri. Elle n'a pas le temps de faire plus pour lui.

Se levant, le roi Jean pose une main rassurante sur le bras de sa femme, recroquevillée derrière lui. La fumée verte s'épaissit et se met à tourbillonner autour de la fée dont la rage continue d'augmenter. Ingrith peut se cacher et trembler tant qu'elle veut : cela ne lui apportera rien de bon.

– Il n'y aura *pas* de mariage ! tonne Maléfique.

Ingrith laisse échapper un faible cri et s'effondre contre son mari.

– Jean, dit-elle d'une voix tremblante. J'ai si peur !

Le roi, soutenant sa femme, grimace légèrement avant de regarder de nouveau Maléfique.

– J'ai dit : DEHORS !

Mais alors qu'il parle, son visage blêmit, et sa main relâche Ingrith.

– Qu'a-t-elle fait ? murmure-t-il.

Puis il s'effondre, inconscient, devant le berceau doré à cause duquel tout a commencé.

Tombant à genoux, Ingrith tente de réveiller le roi. Mais il ne remue pas. Alors que son fils accourt, elle se tourne et pointe Maléfique du doigt.

– Une malédiction ! crie-t-elle. Maléfique a maudit le roi !

Maléfique recule malgré elle. Le roi est tombé tout seul. Elle se tenait à l'autre bout de la pièce !

– Je n'ai rien fait… tente-t-elle de protester.

Mais Ingrith la coupe.

– Une *malédiction* ! hurle-t-elle à nouveau.

Les mots retentissent dans la pièce désormais silencieuse. Maléfique observe la scène, face à elle. Philippe essaie, en vain, de réveiller son père, pendant qu'Ingrith la fixe de ses yeux froids et accusateurs. Des images du passé, quand elle a été accusée à tort, lui reviennent en mémoire. Elle se met à hocher la tête. Non… C'est impossible. Cela ne peut *pas* se reproduire. Lentement, elle se tourne, afin de chercher le soutien d'Aurore. Mais elle voit que sa filleule est pétrifiée.

Les yeux de la jeune fille sont rivés sur le roi au sol. Aurore lève alors lentement la tête, jusqu'à croiser le regard de Maléfique.

– Ce n'est pas moi ! précise sa marraine sans vraiment comprendre pourquoi elle le dit à voix haute.

Aurore doit savoir qu'elle ne ferait rien de tel.

– Il vous a simplement demandé de partir ! lui rétorque Aurore, la voix agonisante. Réveillez-le ! Réveillez-le *immédiatement* !

– Aurore, dit Maléfique en tendant la main.

Elles n'ont rien à faire ici. Elle l'a toujours dit. Elles peuvent couvrir ses cornes et faire semblant, mais c'est un jeu insensé – et désormais, quelqu'un a perdu. Il est temps d'y aller. Aurore va la suivre et elles quitteront cet horrible endroit. Voilà ce qui va arriver. Elle tend à nouveau la main.

Mais Aurore recule.

Ce mouvement fait aussi mal à la fée que si Aurore l'avait giflée. Maléfique ressent une douleur aiguë à la poitrine. Il lui faut un moment pour comprendre qu'il s'agit de son cœur qui se brise. Aurore – la fille qu'elle connaît mieux que quiconque, l'humaine qui lui a donné espoir – est désormais une étrangère. La douleur s'accentue quand la jeune fille rejoint Philippe et sa mère. Alors qu'ils gravitent tous trois autour du roi Jean, ils ont tout d'un portrait de famille.

Un bruit de pas extirpe Maléfique de sa douleur. Regardant autour d'elle, elle aperçoit les gardes qui lèvent leurs armes. Elle n'a pas le choix : si elle reste, ils la feront prisonnière. Ou pire.

Après avoir lancé un dernier regard à Aurore, Maléfique déploie ses ailes puis, s'élevant dans les airs, elle se dirige vers une haute fenêtre. Passant au travers, elle surgit dans le ciel nocturne.

Alors qu'il pleut du verre brisé, Maléfique bat des ailes en direction de la Lande. Mais quelque chose passe soudain à côté d'elle. Par-dessus son épaule, elle aperçoit Gerda, au sommet du château. Dans ses mains, celle-ci tient une énorme arbalète. Alors qu'elle l'observe, elle recule et décoche une flèche. Maléfique l'esquive. Se retournant, elle lève les mains, prête à renvoyer sa magie sur Gerda mais, à sa grande surprise, la garde ne semble pas inquiète. Elle place un petit objet rond sur l'arc : à nouveau, la femme vise et fait feu. Seulement, au lieu d'une flèche, c'est désormais une balle qui fend l'air.

Elle arrive si vite que Maléfique n'a pas le temps de l'éviter. Un instant plus tard, elle crie quand la balle la frappe en plein ventre. Sa peau siffle et fume au contact du fer. Tentant de fuir, Maléfique agite ses ailes… mais la douleur est trop pénible. Elle plane un instant, avant de plonger de plus en plus bas dans les profondeurs froides et boueuses de la rivière. Maléfique lutte contre le courant ; chaque mouvement de bras lui est insupportable. Elle n'a d'autre choix que de laisser l'eau l'emporter. Sans résistance, le courant la porte rapidement vers l'énorme chute d'eau qui marque la fin de la rivière. La chute surplombe une falaise rocheuse, déversant l'eau – et bientôt Maléfique – dans l'océan, en contrebas.

La dernière chose qu'elle voit, avant que la douleur n'ait raison d'elle, c'est Gerda qui la regarde depuis le sommet du château, les yeux pleins de triomphe. La puissante Maléfique n'est plus.

À l'intérieur du château, le roi est porté d'urgence dans ses appartements. Aurore et Philippe regardent les gardes placer l'homme inerte sur son lit, puis ils s'agenouillent à ses côtés. La reine reste debout, les mains serrées devant elle, tandis que le médecin royal commence l'auscultation.

– Cette magie, nous n'avons pas de quoi la révoquer… annonce-t-il, tout à son travail. Il doit y avoir une lésion, une preuve de sa sorcellerie !

Il va pour soulever la manche du roi.

– Pitié, l'interrompt Ingrith, qui bouge enfin. Laissez sa dignité à Sa Majesté. Nous avons tous vu ce qu'elle lui a fait…

Elle porte une main à sa bouche, comme si cette seule pensée lui était insupportable. En vérité, elle doit empêcher quiconque de voir le sourire de satisfaction qui lui barre le visage. Tant de choses sont allées de travers au cours de ce dîner, mais tant d'autres se sont si délicieusement bien déroulées….

Aurore se relève et s'approche d'Ingrith. La reine se force à ne pas avoir de mouvement de recul lorsque la jeune fille tend la main pour lui toucher le bras.

– Je suis vraiment désolée, Votre Majesté, dit Aurore d'une voix pleine d'une réelle angoisse.

– Une malédiction à l'encontre de notre roi est une malédiction à l'encontre de notre royaume. Lui qui voulait simplement la paix… commente Ingrith.

Ses paroles décuplent le sentiment de culpabilité de la jeune fille.

– Tout est ma faute… commence-t-elle.

Mais la reine l'interrompt. Il faut qu'Aurore la voie comme une personne gentille et digne de confiance. Elle doit s'assurer que la jeune fille l'aime *elle*, et non Maléfique.

– Tu n'as pas à t'excuser, ma chère, répond-elle. Une rose magnifique n'est pas responsable de ses épines…

Alors Ingrith s'approche du chevet du roi. Du coin de l'œil, elle voit Philippe prendre la main d'Aurore pour la réconforter.

– Maléfique est une menace pour chacun de nous, poursuit la reine, avant de se retourner vers Aurore : en particulier pour toi. Nous ferons de notre mieux pour te protéger.

Elle sourit alors que la jeune reine se fait toute petite. Parfait. Ingrith veut qu'elle ait peur. Qu'elle s'inquiète. Cela lui facilitera la tâche.

– Il doit y avoir un moyen d'annuler le sort… insiste Philippe.

Sa mère sent une once temporaire de culpabilité en voyant son visage dévasté. Mais celle-ci s'évanouit quand il reprend la parole :

– Mère, avez-vous tenté de l'embrasser ? demande-t-il. Un amour sincère…

– Je doute que cela fonctionne, répond rapidement Ingrith.

– Pitié ! supplie Philippe.

Ingrith étouffe un grognement. Elle trouve cette idée de romance qu'a son fils – et son père – incroyablement ridicule.

– Un baiser n'est qu'un baiser, argue-t-elle platement.

– Cela pourrait le sauver… ajoute Aurore.

À présent, tous les yeux sont tournés vers Ingrith. Elle n'a pas le choix : si elle refuse, elle passera pour une femme sans cœur. Or elle a besoin que tout le monde pense qu'elle se fait du souci…

– Très bien, lâche-t-elle en s'approchant du lit.

Le médecin recule alors qu'elle surplombe son mari. Elle tente de contenir son dégoût quand elle porte la main molle de l'homme à son visage. Elle embrasse celle-ci rapidement avant de la relâcher sur le lit. Mais, quand elle regarde derrière elle, elle voit que Philippe, Aurore, et tous les autres la regardent toujours avec impatience.

Elle va *vraiment* devoir l'embrasser.

Cette pensée lui retourne l'estomac. Mais elle n'a pas le choix… Une fois de plus, elle se penche. À quelques centimètres de son visage, elle murmure doucement :

– Petit homme pathétique… Tu voulais la paix ? Eh bien repose en paix pour toujours.

Puis elle l'embrasse sur les lèvres.

Se redressant, elle patiente un instant. Comme rien ne se passe, elle se force à avoir les larmes aux yeux en se retournant vers son fils.

– Je t'avais prévenu. Ce n'est pas un conte de fées.

À ces mots, Aurore s'avance vers la porte.

– Je dois retourner dans la Lande, annonce-t-elle. C'est la seule solution.

– Aurore ! s'écrie Philippe, à sa suite. Attendez !

Le visage de la jeune fille est un torrent d'émotion alors qu'elle regarde tour à tour Philippe, le roi et la reine.

– Je *dois* la retrouver….

– C'est le milieu de la nuit, rétorque le prince.

Aurore hoche la tête.

– Elle brisera la malédiction, insiste-t-elle. J'en suis sûre !

– Alors, je vous accompagne, affirme le prince.

– Je dois la voir seule, répond doucement Aurore. Et votre place est auprès de votre famille.

Elle sourit à Philippe, des larmes plein les yeux. Au fond d'elle, Ingrith a la nausée face aux émotions silencieuses qu'ils partagent. Elle devrait vraiment faire quelque chose pour Philippe et son cœur fragile.

Le prince se renfrogne.

– Tu *es* ma famille, dit-il, pas prêt à abandonner.

Ingrith en a assez. Les choses seront plus simples sans la présence d'Aurore dans ses pattes.

– Laisse-la partir, Philippe. Elle peut peut-être le sauver.

Aurore lance un regard plein de reconnaissance à la reine.

– Je vous en prie, dit-elle en se tournant vers l'un des gardes. Il me faut un cheval…

Elle le suit alors hors de la pièce, et Ingrith est contente de la voir partir. Oui, les choses prennent forme, en effet ! Maintenant qu'Aurore est en route pour la Lande, Ingrith peut continuer son œuvre.

Chapitre HUIT

La Lande n'a jamais paru si éloignée.

Alors que son cheval blanc plonge enfin dans la Lande calme et obscure, Aurore appelle désespérément Maléfique, sans aucune réponse. Au moment où elle atteint le château et franchit au galop le pont fait d'arbres et de feuilles, des larmes ruissellent le long de ses joues. La pleine lune baigne le château verdoyant d'une vive lumière blanche. À n'importe quel autre moment, elle se serait émerveillée devant tant de beauté mais, à présent, elle n'y voit que du vide.

Comment les choses ont-elles pu dégénérer ainsi ? Elle ne s'attendait pas à ce que le dîner soit parfait – ç'aurait été une folie de sa part. Mais jamais elle n'aurait pu prévoir une telle débâcle… ni surtout l'issue de la soirée.

– Maléfique ! crie Aurore, sautant de cheval et se précipitant à l'intérieur du château. Maléfique !

L'écho est sa seule réponse. Il n'y a personne.

Une vague de panique s'empare d'elle alors qu'elle retourne au pont. Ses yeux parcourent la Lande environnante avant de se tourner vers le grand rocher escarpé qui domine la lointaine frontière. C'est l'endroit préféré de Maléfique... Peut-être s'y est-elle rendue ?

– Marraine ! Je vous en prie ! crie Aurore, pleine de douleur. Revenez !

Elle a beau appeler, la fée noire n'apparaît pas. Enfin, épuisée – tant physiquement que mentalement – Aurore s'assied sur les marches du château. Elle laisse couler ses larmes alors que Pinto apparaît et se pelotonne contre elle. Légèrement réconfortée par la petite fée des hérissons, Aurore caresse machinalement le dos de la créature. Entendant des pas, elle se retourne, pleine d'espoir. Mais ce n'est que Diaval.

– Elle n'est pas dans la Lande, annonce-t-il. Personne ne l'a vue.

Il semble aussi malheureux qu'Aurore.

La jeune reine se lève, court jusqu'à lui et le prend dans ses bras. Au milieu du terrible dîner, elle n'a pas remarqué sa disparition, et elle est contente qu'il se soit esquivé. Elle a besoin d'un ami.

– Diaval, dit-elle en le serrant très fort. Je suis si heureuse de te voir…

L'homme lui rend son étreinte, ses bras frêles tremblant. Maléfique est aussi importante pour lui que pour Aurore.

– Elle n'est nulle part… dit-il en se retirant après un moment. Et si elle ne revenait jamais ?

– Je *dois* la trouver, réplique Aurore.

Il le faut, parce que tout est ma faute, ajoute-t-elle en silence.

– Toi ? s'étonne Diaval. Et moi ? Je pourrais rester coincé sous forme humaine pour toujours ! Regarde-moi… Je suis immonde !

Sa tentative pour détendre l'atmosphère fonctionne un instant. Aurore a un bref sourire, avant de hocher la tête.

– Elle doit rompre la malédiction ! C'est la seule solution.

Diaval se renfrogne.

– As-tu songé que, peut-être…

– Quoi ? l'interrompt Aurore, confuse.

– Que ce n'est peut-être pas *sa* malédiction ? complète Diaval à mi-voix.

Aurore secoue la tête de nouveau. Elle était là. Elle a vu la magie verte de sa marraine, lu la fureur dans ses yeux. Elle sait combien Maléfique déteste les humains, et combien elle était en colère.

– Qui d'autre pourrait faire une telle chose ? finit-elle par demander.

Non, songe-t-elle alors que Diaval ne répond pas. *Il a tort. Maléfique a maudit le roi.*

Mais cela signifie aussi qu'elle peut le sauver. Qu'elle peut tout arranger. Si seulement Aurore savait où la trouver…

Maléfique est allongée sur quelque chose de doux. Elle le sent contre sa peau, la tenant au chaud, à l'aise. Elle n'ose pas ouvrir les yeux. Pas encore. Elle craint de découvrir que cette chaleur n'est qu'un rêve…

Elle n'a qu'un vague souvenir des instants qui ont suivi sa blessure. Elle se rappelle être tombée pendant ce qui lui a paru une éternité, et la sensation de l'eau quand elle l'a fendue. Elle se souvient d'avoir vu la garde sur la tour, d'avoir fermé les yeux quand le poids de l'eau et sa blessure sont devenus insupportables, avant d'être emportée par le courant jusqu'à une immense chute d'eau. Une fois encore, elle est tombée, puis a atterri dans l'eau froide de l'océan, au-delà d'Ulstead. Portée par le courant, elle a recommencé à dériver.

Puis, quelqu'un – ou quelque chose – l'a tirée de l'eau. Elle se rappelle avoir été soulevée dans le ciel et avoir entendu un battement d'ailes à ses oreilles. Elle aurait juré percevoir une lumière bleue scintillante puis sentir le vent sur ses joues. Ses yeux se sont ouverts un peu plus tard, et elle a brièvement aperçu d'imposants rochers et des vagues qui s'écrasaient, avant qu'on l'emporte dans ce qui ressemblait à une grotte. Ses yeux se sont enfin refermés alors qu'elle succombait à la douleur insurmontable.

À présent, elle tente de comprendre ce qui s'est passé. Elle rouvre tout d'abord les yeux. Le lit confortable sur lequel elle est allongée est fait de mousse. Un haut plafond voûté, en herbes finement tressées, s'élève au-dessus d'elle, donnant à la pièce une chaleur naturelle. Entendant du mouvement derrière elle, Maléfique tente de s'asseoir.

Mais la douleur la transperce, et elle se recouche avant de poser une main sur sa blessure avec précaution. La plaie a été lavée et couverte d'un bandage fait d'écorce. Quelqu'un a visiblement pris soin d'elle.

Mais qui ?

Des voix se font entendre à l'extérieur de la pièce. Maléfique s'agite, nerveuse. S'entourant de ses ailes, elle se force à s'asseoir. Les voix se font de plus en plus fortes, et de plus en plus passionnées. Pour la première fois de sa vie, Maléfique a peur.

Avec prudence, elle pose ses pieds au sol. La douleur est terrible, mais elle veut être debout quand ceux dont elle entend les voix se dévoileront. Doucement, elle s'avance à travers la pièce, vers une ouverture circulaire dans le mur. Elle se retrouve face à un sombre tunnel, désert.

Prenant une profonde inspiration, Maléfique s'y engage. Elle aperçoit un rai de lumière, à l'opposé, vers lequel elle se dirige en boitant. Alors que la lumière se fait plus vive, le tunnel s'élargit et s'ouvre enfin sur un énorme cercle caverneux. Ses yeux s'écarquillent en découvrant la pièce qui s'étire vers le haut, encore et encore, et dont les côtés sont recouverts de branches. Elle se croirait au cœur d'un gigantesque nid d'oiseau !

Ses yeux se font encore plus grands quand elle aperçoit, au milieu du nid, dix personnages imposants. Chacun d'eux a des cornes sur la tête et de lourdes ailes sombres dans le dos.

Des fées noires.

Maléfique en a le souffle coupé. Ils lui ressemblent ! Mais comment est-ce possible ? Elle pensait être la seule de son espèce… En se rapprochant, elle voit que l'un d'eux tient la balle de fer qui lui a perforé le ventre. Sa peau est sèche et craquelée, comme le lit d'une rivière asséchée, et ses yeux reflètent la colère tandis que la balle grésille entre ses doigts.

– Vous entendez ? dit la fée noire, apparemment appelée Borra, alors que la balle continue à grésiller.

Il la porte à l'oreille.

– C'est un message des humains. Je le reçois cinq sur cinq : ils veulent notre mort.

Un autre s'avance. Maléfique le voit hocher la tête. Sa peau est plus sombre et plus douce que celle de Borra. Il est plus musclé, et sa posture est digne d'un guerrier. Alors que les yeux de Borra sont pleins de colère, les yeux de cette fée montrent, au contraire, de la tristesse et une sagesse sans âge. Il étudie la balle avec attention.

– Les humains se servent du fer contre nous depuis des siècles, souligne-t-il.

Des murmures d'approbation se font entendre de la part de quelques autres fées.

– Et notre espèce s'est presque éteinte à cause de ça, Conall ! crie Borra à l'attention du guerrier. Ils extraient le fer de la terre. Ils en font leurs boucliers et leurs épées, et nous envoient sous terre !

Une fois de plus, il lève la balle pour l'observer.

– Mais c'est *ça* qui causera notre perte. J'appelle à la guerre immédiate !

Maléfique recule dans l'ombre. Elle est visiblement tombée en plein conseil de guerre. Les paroles de Borra résonnent à ses oreilles. *Presque éteinte*, a-t-il dit. C'est pour cette raison qu'elle a passé sa vie à se croire seule. Mais ce n'était pas le cas ! Et ces fées, du moins certaines d'entre elles, se méfient autant des humains qu'elle. Alors que la pièce s'emplit des voix faisant écho à l'appel à la guerre de Borra, elle remarque que Conall reste silencieux. Il attend que tout le monde se calme avant de reprendre la parole.

– Il y a bien trop d'humains, finit-il par dire au groupe. Et bien trop de royaumes.

– Vous préférez donc attendre qu'ils nous trouvent ? réplique Borra. Pour tous nous tuer ?

– Nous ne pouvons pas gagner, répond Conall. Pas ainsi.

Borra secoue la tête.

– Vous avez tort, Conall. Nous avons une chose qu'ils ignorent.

Puis, à la grande surprise de Maléfique, Borra s'envole droit sur elle. Alors qu'il plane devant elle, ses yeux se rivent aux siens. Elle recule d'un pas. Depuis combien de temps sait-il qu'elle est là ?

– Nous l'avons… *elle*, poursuit Borra. Elle a des pouvoirs qu'aucun de nous ne détient.

– Elle est blessée, Borra, indique Conall.

C'en est trop. Maléfique entre dans la lumière. Elle ne veut pas que ces étrangers parlent d'elle comme d'un pion dans un jeu qu'elle ne connaît même pas !

– Qui êtes-vous ? hurle-t-elle, gonflant la voix le plus possible, malgré la douleur.

En un éclair, Borra se rapproche d'elle et colle son visage à quelques centimètres du sien. Il inspire profondément, les yeux brillants.

– Vous empestez l'humain ! ricane-t-il. Je me trompe sans doute à votre sujet. Peut-être que Conall aurait dû vous laisser pour morte au fond de la mer…

Les yeux de Maléfique se déplacent sur le beau guerrier. C'est donc Conall qui l'a portée jusqu'ici. Elle ne peut s'empêcher de se demander… pourquoi ?

Secouant la tête, Borra recule.

– Non, poursuit-il, la voix menaçante. C'est là, n'est-ce pas ? C'est en vous.

Une fois de plus, il se rapproche, les yeux noirs et menaçants.

Par réflexe, Maléfique lève la main. Un filet de magie verte s'agglutine au bout de ses doigts et, d'un petit mouvement de la main, elle l'envoie droit sur Borra. Elle le percute en pleine poitrine, l'envoyant valser contre le mur opposé. Épuisée par le peu de magie dont elle s'est servie, la fée blessée tombe au sol, haletante.

Borra affiche un sourire diabolique depuis l'endroit où il se trouve. Maléfique a fait exactement ce qu'il espérait : une démonstration. Elle a montré à tous combien elle était puissante, même dans son état.

– Vous voyez ? dit-il fièrement. Elle a le mal dans le cœur. Et c'est ce qui nous sauvera.

– Elle a besoin de guérir, argue Conall, dont la voix réconforte étrangement Maléfique.

Borra approuve de la tête.

– Vous allez l'aider, Conall, dit-il. Et quand elle sera prête, nous partirons en guerre.

Son message livré, Borra s'envole. Les autres attendent un moment avant de disparaître, eux aussi, dans les profondeurs du Nid.

Seul Conall reste. Il rejoint Maléfique, puis s'arrête face à elle. Il lui tend la main pour l'aider à se relever, mais elle le repousse. Ses yeux s'attardent sur sa blessure, qui s'est rouverte sous l'effort et suinte d'un sang noir et épais.

Embarrassée, Maléfique touche la plaie bandée. Peut-être s'est-elle montrée trop prompte à le repousser aussi vivement – à tort.

– C'est vous qui m'avez sauvée ? demande-t-elle.

Conall acquiesce. Alors qu'il s'apprête à partir, il lui lance un regard.

– Venez, dit-il. Je vais vous montrer qui vous êtes.

Il s'avance vers un large trou, dans le sol, que Maléfique n'avait pas repéré pendant les fulminations de Borra. S'approchant du bord, Conall tourne le dos au trou. Il observe Maléfique. Son regard doux s'éclaire, puis il bascule en arrière et disparaît.

Maléfique se penche en avant pour jeter un œil par-dessus bord. Elle ne voit rien. Impossible à dire s'il y a un sol, des rochers ou pire, là-dessous. Pourtant, sa curiosité est piquée. Se redressant, elle s'avance jusqu'à ce que ses orteils s'enroulent au bord. Prenant une profonde inspiration, elle soulève les pieds…

Et se laisse tomber.

Maléfique dégringole à travers les airs. Dans une tentative désespérée de reprendre le contrôle sur sa chute libre, elle essaie de battre des ailes. Mais elle est trop faible, et ses ailes ne bougent pas. Elle continue de tomber. Et elle aurait encore continué si Conall ne l'avait pas attrapée.

– Ne me… commence Maléfique.

– Tout doux, répond Conall.

Ses protestations cessent tandis qu'elle regarde autour d'elle. Ils se trouvent dans une sorte d'abri de fortune. Dans l'obscurité, tout est recouvert d'une fine couche de brume. Mais, au travers, Maléfique aperçoit des dizaines de fées noires qui se déplacent dans ce qui ressemble à un nid. Certaines sont seules, d'autres en groupes. Maléfique ne peut s'empêcher de se montrer surprise quand elle voit différents types de fées noires. Elle avait remarqué que la peau de Borra était sèche et craquelée mais, à présent, elle découvre qu'il n'est qu'un parmi d'autres.

Alors qu'ils évoluent dans le nid, Conall lui fournit des explications. Les fées de la toundra sont pâles avec des ailes et des cheveux blancs. Plus petites que les autres, elles sont proches du sol. Viennent ensuite les fées de la jungle, colorées, avec leurs longs membres faits pour sauter et tournoyer. Leurs ailes sont lumineuses ; chaque paire est unique et compacte. Alors que Maléfique les observe, une fée de la jungle déploie ses ailes puis les ramène contre son corps jusqu'à les faire littéralement disparaître. *Voilà qui aurait été utile lors du dîner*, songe Maléfique avec ironie.

Et il y en a d'autres. Les fées du désert – comme Borra – avec la peau tachetée d'or et d'énormes ailes articulées. Et les fées de la forêt, de l'espèce de Maléfique. C'est une évidence, vu leurs ailes noires massives et leurs proportions similaires aux siennes.

Mais Conall lui révèle que, peu importe l'espèce, ce sont toutes des fées noires.

– Comme vous, ajoute-t-il.

Maléfique garde le silence alors qu'elle observe les dizaines de fées voleter dedans et hors du Nid, ignorant sa présence, parce qu'à leurs yeux, elle n'a rien d'unique.

– Combien y en a-t-il ? finit-elle par demander. Des… comme nous ?

– Nous sommes les dernières, répond Conall en atterrissant sur un autre niveau du Nid, bien plus bas.

– Toute ma vie… commence Maléfique, mais l'émotion la submerge.

Elle doit détourner la tête. Se ressaisissant, elle garde le silence un moment, le temps d'absorber la nouvelle. Conall avait l'air sombre en disant qu'ils étaient les dernières fées noires, mais pour elle, ce nombre semble énorme.

Conall désigne une corniche bien en dessous d'eux. Cinq jeunes fées se tiennent en retrait et fixent nerveusement le bord. Leurs ailes sont déployées dans leur dos pendant qu'Udo, une fée de la toundra plus âgée, leur fait la leçon. Maléfique le reconnaît. Elle observe Udo pousser doucement le groupe en avant jusqu'à ce qu'il ne soit plus qu'à quelques centimètres du bord. Maléfique lit la peur dans les yeux des jeunes, puis, avec une violente poussée, Udo les envoie en l'air. Maléfique halète alors qu'ils chutent.

– Ces jeunes devraient vivre en pleine nature, commente Conall, les yeux rivés sur les fées. Au lieu de quoi ils sont bannis. Élevés dans l'exil.

– Leur place est dans la Lande, approuve Maléfique. Dans la neige, dans les déserts…

Conall soupire.

– Au fur et à mesure que d'autres royaumes humains émergeaient, nous avons continué de nous déplacer, explique-t-il. Nous nous sommes cachés dans les recoins de la terre. Mais nous savions qu'ils finiraient par nous retrouver – même quand nous retournerions chez nous.

Maléfique le regarde parler. Son visage est empreint d'une douleur inexprimée, et elle se demande ce qu'il a vu et sacrifié. Ses yeux passent du guerrier aux jeunes fées qui font à présent des piqués en riant alors qu'ils prennent le vent et volent autour du Nid. Leurs visages sont pleins de joie et d'innocence. Ils ne devraient jamais voir ce que Conall – ou Maléfique – ont vu.

– Je peux les protéger, dit-elle.

– Comment ? demande Conall.

Son ton est doux mais il semble sur la défensive lorsqu'il continue :

– En déclarant la guerre aux humains ? Même à celle que vous avez élevée comme votre propre fille ?

Il marque une pause, jaugeant la réaction de Maléfique. Comme elle ne dit rien, il poursuit :

– Nous vous observons depuis des années.

Ces paroles font tressauter Maléfique.

– Et pourtant, vous êtes restés cachés ? demande-t-elle, confuse, et soudain en colère.

Si elle avait su qu'il en existait d'autres comme elles… à quoi sa vie aurait-elle ressemblé ?

– Parce que vous faisiez une chose que nous pensions impossible, explique Conall. Vous nous avez montré la route à suivre.

Curieuse de savoir ce qu'il entend par là, Maléfique plisse les yeux et attend d'en entendre plus. Elle n'a fait que survivre et élever Aurore pour qu'elle aime la Lande autant qu'elle.

Conall poursuit :

– Peut-être que nous n'avons pas à nous cacher des humains, lui dit-il. Peut-être que nous pouvons vivre sans peur ni guerre. Peut-être que nous pouvons trouver une solution… tous ensemble.

La réponse de Maléfique est sans appel.

– Cela n'arrivera jamais.

Sa douleur au ventre n'est qu'un rappel de ce qu'il peut se passer quand les humains et le peuple des fées tentent de coexister. Le souvenir d'Aurore qui la regarde avec méfiance en est un autre.

Conall hoche la tête.

– C'est déjà le cas, réplique-t-il. Avec Aurore et vous.

Tournant le dos à Maléfique, il prend son envol. Mais avant de partir, il lui lance un dernier regard.

– Bienvenue à la maison, Maléfique.

Les pensées tourbillonnent dans la tête de la blessée. *La maison.* Est-ce là qu'elle se trouve ? Pourra-t-elle apprendre à faire confiance au nid et aux autres fées ? Elle a vécu si longtemps sans se sentir à sa place, même dans la Lande… Est-ce ici qu'elle doit se trouver ? Si tel est le cas, elle se demande pourquoi elle se sent toujours malheureuse. Redoublant d'efforts, elle remonte lentement jusqu'au sommet du Nid.

Chapitre NEUF

Aurore a abandonné. Après des heures à explorer la Lande, elle a compris que Maléfique ne rentrerait pas. Du moins, pas tout de suite. Le cœur lourd, elle rejoint son cheval et rentre au château d'Ulstead. L'énorme structure paraît sombre à son arrivée, avec seulement quelques bougies allumées pour la guider le long du couloir jusqu'à sa chambre.

Sa chambre. Comme c'est étrange. Sa véritable chambre se trouve dans son château, mais Philippe a insisté pour qu'elle reste dormir sur place, pendant qu'ils tentent de trouver un remède pour le roi. Aurore n'a pas eu d'autre choix que d'accepter.

En s'avançant, elle soupire. Elle est exténuée. Elle n'a qu'une envie : s'allonger, fermer les yeux et dormir un moment d'un sommeil sans rêve. Mais on dirait que, pour l'instant, son vœu ne se réalisera pas.

– Nous étions morts d'inquiétude.

La voix d'Ingrith surgit de l'obscurité et fait sursauter Aurore. Allumant une bougie, la jeune femme voit la reine assise sur un fauteuil orné dans un coin de la pièce. Lentement, elle se lève et s'avance vers Aurore.

– Votre Majesté, dit la jeune fille une fois qu'elle s'est ressaisie. J'ai tenté de la trouver.

Le simple fait d'évoquer son échec fait de nouveau monter des larmes aux yeux d'Aurore.

L'espace d'un instant, la colère traverse le visage de la reine Ingrith. Mais elle disparaît aussi vite qu'elle est venue, remplacée par un regard compatissant.

– Je suis de tout cœur avec toi, dit-elle en s'approchant encore. Elle a porté un nuage noir sur ton bonheur. Je sais qu'elle s'oppose à ce mariage – elle ne t'a jamais fait confiance.

Ingrith se tait et secoue tristement la tête.

Aurore lutte pour repousser les larmes. La vérité contenue dans les paroles d'Ingrith la blesse. Maléfique a clairement exprimé le fait qu'elle ne voulait pas qu'Aurore épouse Philippe. Mais la jeune fille espérait que l'amour de Maléfique soit plus fort que ses craintes…

Cela n'a pas été le cas.

Ingrith poursuit d'une voix plus intense.

– Quand je l'ai vue, au dîner, les cornes recouvertes, recroquevillée…

Elle marque une pause, puis hausse imperceptiblement les épaules.

– Ce n'est pas étonnant qu'elle soit devenue violente.

Aurore approuve malgré elle. Elle revoit la colère dans les yeux de Maléfique. Elle entend son ton caustique en parlant de Philippe et de ses gestes « romantiques » ; elle se rappelle le dégoût sur le visage de Maléfique quand elle lui a raconté avec enthousiasme que Philippe lui avait dit, pour la première fois, qu'il l'aimait. Peut-être qu'elle ne peut tout simplement pas comprendre l'amour…

Mais d'autres souvenirs la submergent : Maléfique qui, d'un baiser, la réveille. Qui affronte Stéphane pour la protéger. Qui lui donne la Lande pour qu'elle ait un endroit où vivre dans la joie et non dans la tristesse. Aurore secoue la tête en signe de protestation.

Elle a beau se remémorer les bons moments, Ingrith a raison. Maléfique est devenue violente. Toute la soirée s'est déroulée à l'encontre de ce qu'elle est en tant que fée noire. Et il n'est possible de chasser le naturel qu'un temps avant qu'il ne revienne au galop…

– Je ne sais vraiment pas quoi faire, dit enfin Aurore d'une voix tremblante.

À ces mots, la reine semble tendre l'oreille.

– Tu l'aimes vraiment, n'est-ce pas ? Mon fils ?

Aurore fait oui de la tête et se mord la lèvre.

– De tout mon cœur.

– Alors c'est l'amour qui va te guérir. Qui nous guérira tous. Allons de l'avant ensemble… dit Ingrith. En famille.

Aurore lâche un cri de surprise. Elle ne s'attendait pas à une telle réponse, et elle n'y était pas préparée, à vrai dire. *Famille.* Ce simple mot la fait se sentir moins seule et étouffe la douleur qui emplit sa poitrine. Aurore s'avance vers la reine et passe ses bras autour d'elle. Ingrith sourit et se met même à caresser les cheveux d'Aurore.

La jeune fille étreint toujours la reine quand la porte s'ouvre.

La voix de Philippe retentit dans la chambre.

– Mère ? demande-t-il, les yeux rivés sur Aurore. Que se passe-t-il ?

Ingrith se libère de l'étreinte tandis que Philippe entre dans la pièce. Elle prend la main d'Aurore et la place dans celle du prince.

– J'ai pris ma décision, annonce-t-elle. En l'honneur de ton père, le mariage aura lieu dans trois jours.

Une fois son annonce faite, elle sourit au couple et quitte la chambre.

Suite à son départ, Aurore et Philippe demeurent dans un silence choqué.

– Aurore, finit par dire le prince. Nous n'avons pas à penser au mariage pour le moment.

Aurore secoue la tête. Ingrith a raison : ils le doivent à tous – en particulier au roi. Ils ne peuvent pas laisser la noirceur des actes de Maléfique, ou l'état précaire du roi Jean, gâcher ce qui est censé être un moment de joie pour leurs deux royaumes. S'ils reculent face à l'adversité, cela donnera le ton pour le reste de leur règne. Mais si Philippe et elle restent forts et montrent que leur amour est suffisamment puissant pour tout surmonter, ce sera un formidable commencement.

– Et Maléfique ? demande Philippe après avoir entendu les arguments d'Aurore.

– Je crois qu'elle est partie… Pour toujours.

Alors que le soleil se lève sur le château d'Ulstead, l'annonce du mariage se répand comme une traînée de poudre. Les villageois se mettent au travail, décidés à faire en sorte que le mariage soit parfait. Les boulangers se mettent aux fourneaux, les fleuristes font la cueillette et les balayeurs de rues s'acquittent de leur tâche. L'air est empreint de joyeux préparatifs !

Mais loin de là, dans les profondeurs du Nid, Maléfique n'a pas conscience de la vitesse à laquelle les choses évoluent. Elle ne songe pas au futur ; elle tente plutôt de comprendre le passé. À sa demande, Conall l'a portée à l'arbre géant.

Faisant le tour de la base de l'énorme arbre ancien, Maléfique se sent petite. Il s'agit de l'élément le plus sacré du Nid. Conall lui raconte que personne ne sait vraiment quel âge il a ; ils savent simplement qu'il était déjà là à leur arrivée. Des gravures élaborées et insondables sont creusées dans les murs incurvés qui entourent la base de l'arbre. Au fil des années, cette pièce est devenue un temple, et l'histoire de leur espèce a été inscrite sur les murs.

Conall fait une pause devant un énorme rocher. Au centre, gardés dans un épais ambre orangé, se trouvent des os.

– Un phénix, explique Conall en lisant la question sur le visage de Maléfique. On raconte que les fées noires sont nées grâce à lui, évoluant au fil des siècles. Mais bientôt, notre temps sera révolu…

Sa voix s'estompe et il se tourne vers Maléfique.

– À moins que vous ne puissiez nous sauver.

Maléfique est perdue. La veille, il a vu que sous l'effet de la colère, elle s'était servie de ses pouvoirs pour envoyer Borra contre un mur. Elle a perçu, à cet instant, sa déception et elle a compris qu'il attendait mieux d'elle. Et pourtant, voilà qu'il prétend qu'elle pourrait tous les sauver !

– Entre vos mains, vous détenez la vie et la mort, poursuit Conall, énigmatique : la destruction et la renaissance. Mais le plus grand pouvoir de la nature, c'est celui de la véritable métamorphose… Vous vous êtes transformée quand vous avez perdu vos ailes. Quand vous avez élevé Aurore et trouvé l'amour dans la douleur.

Conall se rapproche au point de presque la toucher.

Maléfique s'agite. Quelque chose chez lui la rend nerveuse.

– Vous êtes sa dernière descendante, dit-il en posant les yeux sur les ossements du phénix. Vous êtes du même sang. Je vous demande de prendre toute votre fureur et toute votre douleur et de ne *pas* vous en servir. La paix sera l'ultime transformation des fées noires.

Soudain, un battement d'ailes retentit à travers la pièce. Quittant Conall des yeux, Maléfique regarde Borra atterrir à proximité. Comme toujours, il est renfrogné et ses yeux sont emplis de rage. Elle ne saurait dire si cette rage s'adresse à elle ou au monde. Sans doute aux deux…

Après un infime salut à Borra, Conall continue. Maléfique ne sait pas vraiment pourquoi il est aussi déterminé à l'avoir de son côté, mais elle l'écoute.

– La Lande est notre dernier vrai espace naturel sur terre. Et pourtant, vous avez nommé une humaine à sa tête. Une fille que vous avez chérie…

– Je n'ai pas de fille ! hurle Maléfique.

Les mots ont quitté sa bouche avant qu'elle ne puisse les arrêter. Les entendre à voix haute lui fend le cœur et, par réflexe, elle pose une main sur sa plaie au ventre, toujours en convalescence. Jusqu'à cet instant, elle ne s'est pas autorisée à accepter la vérité : Aurore ne fait plus partie de sa vie. Cela lui semble désormais réel et brutal.

Voyant la douleur sur son visage, Borra lâche un sourire cruel.

– Nous venons d'apprendre qu'un mariage aurait lieu au château dans trois jours, explique-t-il, donnant ainsi la raison de sa venue. Des humains afflueront de partout.

Borra se rapproche. Il semble ravi de cette nouvelle, ce qui perturbe Maléfique, jusqu'à ce qu'il ajoute :

– Nous allons tuer le roi et la reine d'Ulstead – ainsi que le jeune prince.

Les paroles de Borra retentissent jusqu'à s'évanouir, ne laissant rien d'autre que le silence. Maléfique reste sans bouger, étourdie. Elle aimerait que le roi et la reine d'Ulstead souffrent pour ce qu'ils ont fait. Et Philippe aussi... Mais soudain, elle se rappelle les sentiments d'Aurore. S'il lui arrivait du mal, qu'adviendrait-il de la jeune fille ?

Une pensée amère s'immisce dans son esprit. Aurore aurait le cœur brisé. Serait-ce si injuste ? Maléfique doit-elle s'en soucier ? Ses doigts suivent les contours de sa plaie. Quelques jours plus tôt, l'idée qu'Aurore ressente de la douleur aurait rendu Maléfique furieuse. Là, elle se sent simplement engourdie.

Elle hausse les épaules et se retourne pour fixer le phénix. Que Borra prévoie sa guerre. Elle verra ce qui se relèvera des cendres.

Chapitre DIX

Ingrith commence à se lasser. En annonçant le mariage, elle savait qu'il y aurait d'innombrables détails à superviser, mais elle oubliait de prendre en considération combien il serait fatigant de feindre la joie. Elle n'avait pas non plus envisagé le nombre d'heures que cela demanderait... En deux jours, elle a prétendu s'extasier sur le choix de gâteaux et vanté les mérites des arrangements floraux ; elle a écouté un grand nombre de musiciens se disputer la chance de jouer la marche nuptiale ; elle a flatté Philippe et Aurore et applaudi avec joie quand ils ont choisi leur chanson d'ouverture.

Elle en a assez.

La reine d'Ulstead se trouve désormais dans la chambre d'Aurore. Elle attend que la jeune fille sorte de derrière le paravent aligné le long du mur opposé. Elle l'entend glousser avec les domestiques tout en s'habillant, puis… silence. Un instant plus tard, Aurore émerge.

Si Ingrith avait un peu de chaleur en elle, elle se serait comportée comme une mère. Elle aurait eu le souffle coupé ou elle aurait joint les mains sur son cœur en regardant sa future belle-fille approcher. La jeune fille est saisissante. Même vêtue d'une simple robe crème sans le moindre ornement – pas même une simple perle –, elle resplendit. Ses joues sont rosées, et ses lèvres, qu'elle mordille nerveusement à présent, sont d'une teinte parfaite de rose. Ses longs cheveux sont couverts d'un voile en dentelle, au motif simple et délicat, comme une toile d'araignée.

Mais Ingrith est froide. Elle se contente donc de dire sans émotion :

– Tu es à couper le souffle, Aurore.

La jeune fille sourit joyeusement, sans relever le ton laconique d'Ingrith.

– Je suis tellement heureuse qu'elle vous plaise, Votre Majesté.

Alors qu'Ingrith se rapproche, elle halète et porte une main à sa gorge. Elle s'arrête immédiatement d'avancer.

– Oh mon Dieu, dit-elle péniblement. Je peux à peine respirer.

– Quelque chose ne va pas ? demande Aurore dont le visage s'empreint d'inquiétude.

Ingrith baisse la tête, se laisse le temps de prendre l'expression adaptée. Puis elle la relève, le front plissé.

– Mes allergies, explique-t-elle. Je peux détecter la moindre once de saleté ou de poussière – et cette robe sort tout droit de la Lande, n'est-ce pas ?

Elle regarde la robe comme si elle était vivante.

– Oui, confirme Aurore en touchant le voile avec précaution, du bout du doigt. Je suis vraiment désolée. Que puis-je faire ?

– Peut-être pourrais-tu essayer ceci ? suggère Ingrith comme si elle venait d'avoir cette idée soudaine.

Elle fait signe aux deux domestiques. Rapidement, celles-ci apportent une robe de mariée qui nécessite d'être à deux pour la porter.

Cette robe est tout ce qu'Aurore n'est pas. Alors que la sienne est unie, laissant la simplicité du modèle la rendre belle, l'autre robe est très travaillée. Chaque parcelle est parsemée de joyaux, et le voile est complexe ; les lignes créent un motif à l'air aussi rigide que celui d'Aurore est doux. Et alors que la traîne d'Aurore est faite de matière provenant de la Lande et s'arrête juste au-dessus des orteils, celle de cette robe mesure près de trois mètres de long. Tout en elle est lourd ; cela ressemble plus à une armure qu'à une robe de mariée.

– Je la portais quand j'ai épousé le roi, explique Ingrith en regardant la robe avec fierté.

Elle se tourne et aperçoit Aurore qui reprend contenance alors qu'elle aussi observe la robe.

– Je suis sûre qu'elle sera parfaite, finit par dire Aurore.

Sa voix est tendre et ses paroles polies, mais la jeune fille portera cette robe uniquement parce qu'elle est trop gentille pour refuser.

– Moi aussi, répond Ingrith.

Elle indique aux domestiques où mettre la robe de la Lande avant de se retirer. La reine en a assez de ces sottises pour l'instant. Elle a d'autres affaires plus importantes à régler !

Ingrith quitte la pièce et remonte le couloir en direction de ses appartements. Elle regarde autour d'elle pour s'assurer que personne ne la voit quand elle se glisse à l'intérieur. Bien qu'il ne soit pas inhabituel qu'elle se rende dans ses appartements, Ingrith préfère le sentiment de sécurité que lui confère une entrée furtive. Quelques instants plus tard, elle se dirige vers le laboratoire.

En entrant, elle aperçoit Lèchebotte face à un becher rempli de sable couleur charbon. Il tient de petites pincettes qui maintiennent un simple grain de poudre d'un doré brillant. Les yeux de la reine se plissent en voyant la tenue de protection de la fée. *Est-ce vraiment nécessaire* ? se demande-t-elle. Lèchebotte aime le côté théâtral, mais le masque à gaz fait main semble de trop…

Avec un soupir, elle s'approche. Au même moment, Lèchebotte ajoute minutieusement le grain de poudre au sable. Dans un nuage de fumée, le sable passe du gris foncé au rouge étincelant. Dans les jarres environnantes, les fées font des grimaces à

Lèchebotte, sans se soucier de l'expérience qui se déroule face à elles.

Ingrith sort alors de l'ombre.

Comme la peur passe sur le visage des fées, Lèchebotte lève une main.

– Ne me distrayez pas ! leur crie-t-il.

– Lèchebotte…

En entendant la voix de la reine, la fée pâlit sous son masque à gaz. Alors qu'il l'arrache de sa tête, ses yeux s'emplissent de terreur.

– *Hii !* glapit-il. Pardonnez-moi, Votre Majesté ! dit-il en faisant marche arrière aussi vite que ses petits pieds le permettent.

Par chance pour Lèchebotte, Ingrith n'a pas le temps de le punir pour insubordination.

– Gerda m'a dit que tu tenais quelque chose, dit-elle seulement. Cela fonctionne-t-il ?

Lèchebotte écarquille les yeux, et sa pomme d'Adam tressaute quand il déglutit, anxieux. Il a parlé de l'expérience à Gerda en toute confidence. Il n'en est qu'à l'étape des tests… Dire qu'il a quelque chose qui « fonctionne » est un peu exagéré. Mais il ne peut se contenter de nier. Pas avec Ingrith.

– Je n'avais qu'une poignée de spécimens sur lesquels travailler, et l'extraction est un processus minutieux, se justifie-t-il.

Ingrith désigne la fleur brillante. Elle est soigneusement placée dans un épais vase en verre.

– L'extraction de quoi ? demande-t-elle.

Elle est agacée. Elle est descendue car elle s'attendait à du concret, et Lèchebotte tente visiblement de gagner du temps.

Nerveux, ce dernier se rapproche d'un pas.

– Les fleurs tombales, explique-t-il. Elles poussent sur les tombes des fées et contiennent cette essence précise.

Avec précaution, il touche un pétale. Son visage se fait solennel un instant, juste avant que ses yeux ne brillent d'une énergie renouvelée.

– Le ratio d'extrait de fleur et de poudre de fer doit être parfait…

– Montre-moi ! ordonne Ingrith.

Elle n'a aucune envie d'entendre de longues explications ; elle veut des résultats. Et, pour être honnête, son intérêt est piqué.

Rapidement, Lèchebotte se tourne vers les jarres. À l'intérieur, les fées poussent contre le verre, mais elles n'ont nulle part où aller.

– Qui veut tester ma poussière de fée ? demande-t-il en jubilant.

Il repère la fée des champignons, ouvre la jarre et y porte la main. Mais alors qu'il remonte le spécimen, la fée des champignons le mord fortement.

– Aïe ! hurle Lèchebotte.

Laissant tomber la créature, il se tourne vers une autre jarre. À l'intérieur se trouve une douce fée des pissenlits. Ses cheveux pâles flottent autour d'elle alors que Lèchebotte l'attrape pour la placer sur une table à proximité.

Ingrith se penche, impatiente. Lèchebotte prend une pincée de la fine poudre rouge qu'il vient de créer et la saupoudre sur la fée. Alors que celle-ci se pose sur la peau de la créature, les yeux de la fée s'écarquillent et sa bouche s'ouvre. Un instant plus tard, le petit être s'immobilise et se transforme en pissenlit silencieux. La fée a, semble-t-il, disparu.

Un sourire s'étire sur le visage d'Ingrith.

– Plus de fée, dit-elle en ramassant le pissenlit.

Elle le porte à ses lèvres et souffle dessus. Les graines sont emportées à travers la pièce.

– Votre Majesté, dit Lèchebotte, soulagé devant l'air ravi de la reine, j'ai des tas de poudre de fer pour ma formule, mais je vais avoir besoin de fleurs tombales de la Lande. En quantité.

Ingrith hoche la tête, les yeux toujours rivés sur la tige de pissenlit dans sa main.

– Tu auras tout le nécessaire.

Elle se moque de ce que cela demande : Lèchebotte aura ses provisions. Après toutes ces années à comploter, elle tient enfin la clé pour détruire le peuple des fées.

Et bientôt, elle aura l'occasion de s'en servir.

Chapitre

ONZE

Maléfique se sent terriblement mal.

Les jours ont passé et sa blessure continue de suppurer. Elle pensait que les autres membres de son espèce connaîtraient un moyen de traiter l'infection, mais le fer est trop puissant. Trop *humain.*

Debout, dans l'infirmerie, elle tente de se montrer patiente tandis qu'une des fées soigneuses presse et triture sa plaie. La douleur irradie dans son corps jusqu'au bout des doigts. Par réflexe, elle serre les crocs. La fée qui s'occupe d'elle n'y prête pas attention.

– Comment vous sentez-vous ?

Maléfique se tourne en entendant la voix de Conall. Lentement, elle lève les ailes et les étire pour qu'elles touchent presque les murs.

– Suffisamment forte pour combattre, s'efforce-t-elle de répondre d'une voix ferme bien que ce simple mouvement ait presque suffi à la mettre à genoux.

Elle ne veut pas que Conall la croie faible.

Cela fait plusieurs jours que le mariage se planifie, et ce n'est pas ainsi que Maléfique imaginait les choses quand Aurore lui parlait des fiançailles. La fée a ensuite espéré ne *pas* passer de temps à en discuter. Elle espérait que dire « Non » à Aurore mettrait fin à toute cette pagaille. Mais la jeune fille a accepté la demande ridicule de Philippe et, désormais, Maléfique ne parle plus *du tout* à Aurore… et encore moins de mariage.

Avec Borra, la question n'est pas de savoir si le mariage aura lieu ou non ; ils parlent de plans de bataille. Et avec Conall, les discussions tournent autour de l'espoir et d'une possible réconciliation. Mais peu importe de qui Maléfique prend le parti. Voir les jeunes fées coincées dans le nid par crainte des humains à l'extérieur, les regarder apprendre à voler… Cela a marqué un tournant. Elle se battra quel qu'en soit le prix.

Conall reste silencieux un moment après la déclaration de Maléfique. Elle sent le poids de son regard peser sur elle. Enfin, il hoche la tête.

– Mais quand vous entrerez dans le château ? demande-t-il. Quand vous la verrez ? Serez-vous assez forte ?

Tout en parlant, il se rapproche. Maléfique tend la main et lui saisit le bras, prête à lui dire de la laisser tranquille. Mais elle hésite en sentant la peau nervurée sous ses doigts. Elle baisse les yeux. Les bras de Conall sont criblés de brûlures.

– Étiez-vous un guerrier ? demande-t-elle.

C'est ce qu'elle a déduit malgré son opposition à l'attitude guerrière de Borra.

Il acquiesce et ses yeux s'assombrissent.

– Pendant longtemps, répond-il. Mais plus maintenant.

– Qu'est-ce qui a changé ? demande Maléfique.

– Vous, répond-il.

Cela surprend Maléfique qui lève la tête, confuse. Il sourit légèrement, avant de poursuivre.

– Et Aurore. Vous m'avez montré un autre chemin.

Maléfique lâche son bras. Encore cette histoire. La fascination de Conall pour sa relation avec Aurore sent le réchauffé. C'est du passé.

– Je vous ai déjà dit que c'était une erreur.

Il secoue la tête.

– Ce n'était pas une erreur. C'était un choix. *Votre* choix.

Elle expire profondément. Conall est exaspérant ! Encore et encore, il répète à Maléfique qu'elle ne devrait pas combattre. Quand Borra parle de destruction, Conall parle de pardon. Il lui demande de se tenir à l'écart des combats et de se réconcilier avec Aurore. Pourtant, il insiste pour que Maléfique aille mieux. Levant le bras, elle désigne l'infirmerie puis sa blessure.

– Pourquoi vouloir que je reprenne des forces si vous refusez que je combatte ? demande-t-elle.

Conall ne répond pas tout de suite. Le silence se fait dans la pièce alors qu'il regarde Maléfique. Enfin, il lâche un faible sourire.

– Je vous prépare peut-être à un combat plus grand, répond-il.

Puis il quitte la pièce.

Maléfique le regarde partir, l'esprit en alerte. Pile au moment où elle pensait qu'il n'y avait plus rien à ressentir, elle se met à avoir une démangeaison agaçante dans le cœur ! Et tout est la faute de Conall.

Aurore se sent ridicule.

Elle danse – ou plutôt tente de danser – depuis des heures dans la salle de bal du château d'Ulstead, sous l'œil d'Ingrith, pendant que Gerda, la garde de la reine, joue une valse nuptiale. La maladresse de ses pieds lui donne l'impression d'être en pierre, et son estomac rugit. Elle rêve de s'asseoir et de manger un bon plat…

Mais chaque fois que Philippe et elle ralentissent le pas, ou qu'Aurore trébuche, Ingrith tape dans ses mains en criant « Encore ». Aurore a l'impression que la torture ne s'arrêtera jamais ! Elle a eu un bref espoir en effectuant toute une valse sans erreur.

Mais ce dernier s'est éteint aussitôt lorsqu'elle a vu Ingrith tenir une paire de talons hauts.

– Encore ! crie-t-elle.

Alors Aurore et Philippe se remettent à tournoyer – sauf que, cette fois-ci, Aurore porte les chaussures les plus inconfortables au monde.

Enfin, pourtant, Ingrith semble satisfaite. D'un signe de tête à Gerda, la reine permet que la musique cesse. Les épaules d'Aurore s'affaissent et elle lorgne une des chaises avec envie. Mais avant de pouvoir s'asseoir, Ingrith l'envoie se refaire une beauté pour le thé.

Alors qu'Aurore suit la reine, elle tente de rester positive. Elle savait qu'en acceptant un mariage en trois jours, il y aurait énormément de préparatifs. Mais elle n'imaginait pas à quel point elle serait occupée, ni à quel point Maléfique et la Lande lui manqueraient. Chaque minute de ces deux derniers jours a été remplie d'essayages, de thés, de consultations et de leçons de danse. La seule fois où elle a vu Philippe, c'est quand ils s'entraînaient à la valse et, même à ce moment, Ingrith était présente. Le couple n'a pas pu discuter, et elle a grand besoin de se confier. Même en sachant que Maléfique est partie, il y a toujours une partie d'Aurore qui espère se tromper, que sa marraine apparaîtra pour tout arranger et que les choses redeviendront comme avant.

Mais elle n'est plus une enfant. Elle sait que la plupart des rêves ne se réalisent pas.

À présent, Aurore se trouve avec la reine et une brochette de femmes nobles. Ingrith lui a dit qu'il lui fallait impressionner ces dames. Si elles lui donnent leur approbation, tout Ulstead suivra. S'agitant sur son siège, Aurore garde un sourire figé tandis que les dames discutent. Ses cheveux sont travaillés en une coiffure élaborée qui reflète celle d'Ingrith, et la robe qu'elle porte est classique, serrée et grise ; une robe de seconde main, qui sort de la garde-robe de la reine en personne. *Si Maléfique revenait*, songe Aurore, *elle ne me reconnaîtrait sans doute même pas.*

Remarquant qu'une des nobles a besoin de plus de thé, Aurore se lève et remplit sa tasse. Tout le monde l'observe, comme espérant qu'elle en renverse. Et, quand le thé est servi à la perfection, elles opinent toutes du chef.

– Votre Majesté, dit l'une d'elles, elle est absolument charmante.

– Quand on pense à la façon dont elle a été élevée… ajoute une autre, comme si Aurore ne se tenait pas juste à côté d'elle. Par la même sorcière qui l'a maudite…

Aurore sent qu'elle s'empourpre. Comment osent-elles ? Elles n'ont aucune idée de sa vie. Elle a vécu une enfance merveilleuse grâce à – et non à cause de – Maléfique. Prenant une profonde inspiration, elle lève un plateau de mignardises, espérant changer de sujet.

– Une tartelette ? demande-t-elle de sorte que sa voix soit aussi mielleuse que les desserts.

Alors que les femmes poursuivent leur conversation, prenant les sucreries tendues par Aurore sans prêter attention à elle, comme si elle était invisible, elle soupire. Quand elle est certaine que plus personne ne l'observe, elle s'esquive.

Courant le long des couloirs sans âme, elle retient ses larmes jusqu'à avoir regagné sa chambre. Elle ouvre les portes, arrache les chaussures inconfortables, et se précipite sur le balcon. Elle a besoin d'air. Et de silence.

Mais un instant plus tard, la porte s'ouvre. Elle se retourne avec la crainte de voir Ingrith arriver pour la ramener. À son grand soulagement, il s'agit de Philippe. La repérant sur le balcon, il vient la rejoindre.

– Aurore, dit-il en voyant ses yeux humides et son air triste, dites-moi ce qui vous chagrine.

Elle ne répond pas immédiatement. Elle n'est pas certaine de pouvoir lui dire la vérité… Mais elle finit par trouver le courage. Après tout, elle s'apprête à l'épouser dans un jour. Si elle ne peut pas lui parler, à quoi bon ?

– Je ne suis pas sûre que ma place soit ici, dit-elle enfin, la voix à peine plus forte qu'un murmure.

Philippe secoue la tête.

– Votre place est avec moi, répond-il.

Elle sourit. Elle sait qu'il essaie de la rassurer, mais ses paroles n'aident pas.

– Tout le monde s'est montré si gentil, dit-elle en lui prenant la main. Mais je ne suis ici que depuis deux jours et j'ai déjà l'impression d'être une autre personne…

Elle se tait et regarde Philippe droit dans les yeux.

– Je sais, c'est difficile…

Elle secoue la tête, cette réaction les surprend tous les deux.

– Non, c'est trop facile. Ces bijoux, mes cheveux, dit-elle en levant la main vers sa tête parfaitement coiffée. Même mon sourire a changé… Je ne me sens plus reine de la Lande.

Une fois qu'elle a fini de parler, une pointe de doute se forme dans son cœur. A-t-elle eu tort de faire part de ses sentiments à Philippe ? Mais il lui serre la main, avec le visage chaleureux, plein de bonté et de lumière dont elle est tombée amoureuse au départ. Le doute commence alors à s'estomper.

– Je veux épouser la fille que j'ai rencontrée dans la forêt, et personne d'autre, dit doucement Philippe.

Il tend le bras pour lui caresser la main pardessus la manche de sa robe élaborée. Ses doigts tirent gentiment sur le tissu, jouant avec une des perles. Quand il relève la tête, ses yeux pétillent d'amour.

– Vous n'avez pas à porter ces vêtements ridicules.

La dernière pointe de doute s'évanouit complètement alors qu'elle se glisse dans les bras de Philippe pour le serrer très fort. Bien sûr qu'il comprend ! Bien sûr qu'il sait qu'elle est plus forte que ces imbéciles à l'étage inférieur. Il la connaît et il l'aime pour ce qu'elle est ; cela a toujours été le cas.

Mais quand elle se retourne pour voir Philippe partir, elle aperçoit son reflet dans le miroir. La femme qui la regarde est une étrangère. Une vision de Maléfique, les cornes couvertes de tissu, apparaît dans sa tête. Pour qui s'est-elle prise à demander à la fée noire de cacher celle qu'elle est ? De se déguiser pour rendre les autres heureux ?

Pas étonnant que Maléfique soit partie pour ne jamais revenir. Tenter d'être quelqu'un d'autre est une chose terrible.

La Lande est paisible. D'épais nuages ont recouvert le ciel et envoyé précipitamment les créatures dans leur lit. Mais tandis que les êtres magiques dorment, des envahisseurs approchent.

La main en l'air, Perceval fait signe à une quarantaine de soldats d'attendre en retrait. Sur ordre de la reine Ingrith, il a retrouvé le jeune homme qui a apporté la fleur tombale à Lèchebotte. Ben a été prompt à offrir son assistance – dès qu'il a aperçu le joli sac plein d'argent tenu par Gerda. Avec le garçon pour ouvrir la voie, Perceval a conduit ses meilleurs hommes pour infiltrer la Lande. Leur objectif est de rassembler autant de fleurs tombales que possible avant de rentrer – sans se faire prendre. Gerda s'est raidie à ces ordres. Le dernier endroit où elle souhaite se rendre, en particulier cette nuit, c'est la Lande. Le moindre bruit semble suspect ; la moindre odeur, inquiétante. Elle préfère largement la propreté et l'hospitalité d'Ulstead.

Mais elle doit obéir aux ordres d'Ingrith.

Ne voyant aucun signe de danger, Perceval baisse la main, et ses soldats quittent l'abri des arbres pour le vaste champ rempli de fleurs tombales. Des centaines, voire des milliers, de ces fleurs brillantes et colorées dressent leurs pétales vers la lune, qui vient tout juste de se glisser hors des nuages. La lumière blanche leur donne un éclat irisé et fait trembler nerveusement Perceval.

Il n'aime pas la lumière. L'obscurité est leur ami pour cette mission. À ses côtés, Ben passe son regard anxieux du sombre ciel nocturne au champ de fleurs tombales.

– Et si la…

Il hésite, effrayé par ses propres paroles.

– … créature ailée revient ?

Gerda hoche la tête.

– Elle est partie.

– En êtes-vous sûre ? insiste le jeune homme.

Gerda ne répond rien. Ce n'est pas nécessaire. Le garçon est là pour aider, pas pour poser des questions. Mais d'après elle, Maléfique ne les embêtera plus jamais.

Chapitre
DOUZE

Assise dans la pièce centrale du Nid, Maléfique, bien vivante, observe les fées noires qui l'entourent. Cette vision, pourtant plus familière à présent, fait toujours battre son cœur d'une étrange façon. Passer des années à penser qu'elle ne rencontrerait jamais un autre membre de son espèce l'a rendue plus dure, plus froide. Mais là, alors qu'elle mange et qu'elle boit avec des dizaines d'autres fées noires autour du feu rugissant, elle sent une partie de son insensibilité s'adoucir.

Conall est assis à côté d'elle. Lui aussi est silencieux alors qu'il écoute les voix fluctuer autour d'eux. Maléfique ne peut s'empêcher de se demander à quoi il pense en parcourant la pièce des yeux. À quoi pense-t-il maintenant qu'il se tourne vers elle ? Pense-t-il qu'elle a l'air perdue ? Ou peut-être pense-t-il qu'ici, avec eux, elle a trouvé sa place ? Ses yeux se fixent sur les siens et, lentement, il lui passe une cruche. Elle est à deux doigts de rire de la simplicité de ce geste qui n'a rien à voir avec la complexité de ses pensées.

Elle boit une gorgée et s'apprête à la lui rendre. Ce faisant, le bout de leurs ailes se touche. Instantanément, Maléfique se retire et se replace sur son siège. La sensation de toucher quelqu'un d'autre lui est étrangère. Mais, à sa grande surprise, Conall ne recule pas. Il permet même à son aile de s'attarder.

C'est alors qu'une douleur cuisante la déchire. Elle se plie en deux tandis que des visions bombardent son esprit. Elle voit des lames étinceler dans les airs, des hommes couper des dizaines de fleurs tombales d'un seul coup. Elle entend les cris de colère et de douleur des siens. Instantanément, la douceur n'est plus. Ses yeux étincellent de fureur.

– Je dois y aller, annonce-t-elle.

– Qu'y a-t-il ? demande Conall, d'une voix teintée d'inquiétude.

– Des humains sont dans la Lande, répond-elle. Je le sens.

Elle se lève, prête à s'envoler. Mais Conall lui barre la route.

Il secoue la tête, puis désigne sa blessure.

– Vous n'êtes pas prête, dit-il.

Maléfique n'est pas d'humeur.

– Hors de mon chemin ! gronde-t-elle.

À présent, les autres fées ont remarqué la colère qui s'échappe de la peau de Maléfique. Sans qu'elle s'en rende compte, la magie verte s'amasse à ses pieds. Conall les ignore et tente en vain de la calmer.

– Si vous y allez, vous mourrez, annonce-t-il d'un ton neutre.

– Laissez-la partir.

En entendant la voix de Borra, Maléfique se retourne.

– Personne ne peut la contrôler, dit-il.

Maléfique sait ce que Borra est en train de faire. C'est ce qu'il fait depuis leur rencontre : il la titille, la pousse à libérer sa part d'ombre. Elle a eu beau lutter par le passé , désormais, elle ne se retiendra plus. La magie verte pulse davantage à travers elle et dans les airs.

– Je ne le répéterai pas, dit-elle en se tournant vers Conall.

La tension est palpable. Enfin, il se décale.

Maléfique n'hésite pas. L'effleurant, elle déploie ses ailes et s'élève du sol. En un instant, elle quitte le nid et fend le ciel nocturne. Elle a mal, mais c'est sans comparaison avec la rage qui bouillonne en elle. Elle n'a quitté la Lande que depuis quelques jours et déjà les fées sont en danger. Les humains. Conall a beau dire tout ce qu'il veut sur le pouvoir de l'amour et la capacité à changer, ce ne sont que des mots. Les actes sont plus éloquents. Et, pour le moment, les actes des humains font hurler d'angoisse les voix de ses ancêtres.

Entendant des ailes derrière elle, elle se retourne, s'attendant à voir Conall. À sa grande surprise, il s'agit de Borra. Il ne dit rien tandis qu'il vole à ses côtés. Mais à son regard, elle sait pourquoi il est là. Il va l'aider à faire tomber les humains.

En silence, ils parcourent le reste du chemin jusqu'à la Lande. Descendant en piqué, Maléfique et Borra atterrissent sur une large branche qui surplombe la clairière de fleurs tombales – ou plutôt ce qui l'a été. C'est désormais une étendue brûlée, mise à nu. Il ne reste plus une fleur. Seules persistent les traces de bottes dans la boue profonde.

Maléfique réprime un cri tandis que son cœur se brise à nouveau.

– C'est ici que nous enterrons nos morts, explique-t-elle à Borra en chuchotant. Ils ont tout détruit…

Borra observe le désastre avec un éclat dans les yeux avant de se tourner vers elle. Sa voix n'exprime pas la colère que Maléfique a toujours décelée chez lui. Cette fois, il s'agit d'une autre émotion, presque semblable à de la douleur.

– C'est ce que font les humains, dit-il. Ce ne sont que des pourritures qui grouillent sur terre.

Il marque une pause et désigne le champ dévasté.

– Vous avez passé des années à vous occuper d'une humaine. Il est temps de vous occuper des vôtres.

Maléfique croise son regard. Une part d'elle sait qu'il a raison, mais une autre entend Conall parler d'espoir, lui dire qu'Aurore et elle lui ont montré un autre chemin. Pourquoi n'y aurait-il que deux issues ? Pourquoi ne pourrait-elle pas retrouver Aurore et abandonner les autres humains ?

Soudain, un vol d'oiseaux décolle précipitamment.

Maléfique sent le danger. Elle sait que les humains sont toujours proches. Pressant Borra dans les airs, elle se dirige vers le ciel ouvert.

– Feu ! hurle quelqu'un.

Derrière eux, des dizaines de soldats, jusqu'alors cachés, lèvent leurs arbalètes. Puis ils tirent. Des balles de fer fendent l'air. *FIOU-FIOU-FIOU !* Les balles viennent d'au-dessus, d'en dessous, de toutes parts. Borra et elles se baissent et esquivent, mais il y trop de soldats et nulle part où se cacher.

Le temps semble ralentir alors que Maléfique lutte pour rester en l'air et éviter le fer qui la détruirait. Elle entend Borra hurler et les humains pousser des cris. Mais quelque chose la retient, la ralentit. Affaiblie par sa blessure toujours fraîche, Maléfique chute rapidement. Elle ne survivra pas. Elle le sait. Elle regarde le champ désert alors qu'elle étire ses ailes, prête pour l'inévitable…

Soudain, des bras puissants s'enroulent autour d'elle. Un instant plus tard, des ailes recouvrent tout son corps. Étonnée, elle plonge son regard dans les yeux doux et chaleureux de Conall. Ils planent dans le ciel, blottis l'un contre l'autre. Le temps s'arrête.

Le corps de Conall se met alors à convulser tandis qu'une balle après l'autre le percute. Maléfique hurle alors qu'ils chutent rapidement vers le sol. Les deux fées noires atterrissent sans ménagement et ils roulent sur quelques mètres avant de s'arrêter. En dessous de Maléfique, Conall ne bouge plus.

Mais les soldats continuent d'affluer, leurs arbalètes rechargées, prêts à les achever.

Maléfique lève la main, et le reste de sa magie verte s'en échappe. Étirant les racines et les branches du sol qui les entourent, elle forme une barrière protectrice. Les soldats tirent, mais leurs balles rebondissent contre ce bouclier. Une main sur le torse de Conall, Maléfique regarde Borra libérer la rage qu'il gardait en lui.

Les soldats tombent comme des mouches alors qu'il se déchaîne. Borra en fait voler certains avec ses ailes tandis qu'il en bat d'autres avec des branches d'arbre arrachées à des troncs comme s'il s'agissait de petit bois. Puis, dans un rugissement si puissant qu'il manque de faire trembler un Conall presque inconscient, Borra s'en prend aux derniers hommes. La terre s'ouvre devant lui, avale les soldats ; seuls leurs cris perdurent dans la nuit.

Quand Borra en a terminé, il ne reste que le silence.

Les soldats ont disparu. Pendant que Maléfique laisse se défaire les branches et les racines, Borra se charge de porter Conall. Puis, ensemble, ils le conduisent au nid. Maléfique ne peut rien faire d'autre que voler, mais ses yeux sont rivés sur le guerrier dont le visage a pris un teint cendré et dont les yeux sont clos.

Le combat, la chute, et la magie ont épuisé le peu d'énergie qui restait à Maléfique. Mais alors qu'ils volent, une pensée lui permet de garder ses ailes en mouvement. Une promesse, simple, qu'elle va veiller à tenir. Elle va faire payer les humains. Jusqu'au dernier.

Perchée au sommet d'une des tours de guet du château, la reine Ingrith attend. Elle aussi se fait des promesses. Des promesses de destruction. Des promesses de prise de pouvoir. Des promesses qu'elle fait presque chaque soir. Sauf qu'à présent, elles commencent enfin à se concrétiser.

Entendant du raffut, elle baisse les yeux et aperçoit une rangée de soldats qui approche du château. Même au loin, elle peut voir que les larges sacs marron qu'ils portent sont pleins. Elle s'autorise un sourire satisfait.

Le bruit des bottes sur la pierre l'avertit de la présence de Gerda et de Perceval, qui arrivent avant les autres. Elle se tourne et attend qu'ils fassent leur rapport. Leurs visages sont maculés de boue, et leurs vêtements sont sales, mais ils semblent ravis.

– Nous les avons, annonce Gerda en s'avançant. Plus d'un millier de fleurs !

– Maléfique était là, Votre Majesté, ajoute Perceval, s'octroyant au passage un regard sévère de la part de Gerda. Elle se trouvait dans la Lande avec deux autres. L'un d'eux s'est sacrifié pour elle.

– Une créature en a sauvé une autre ? demande Ingrith.

Perceval fait oui de la tête.

Intéressant, songe-t-elle. Elle n'a pas prévu cela. Elle s'imaginait que les fées noires ne faisaient attention qu'à elles-mêmes, comme Maléfique en abandonnant Aurore à Ulstead. Ingrith hausse les épaules. Peu importe. Cela ne change rien.

– Fer ou pas fer, poursuit Perceval, ils vont s'en prendre à nous.

Quittant son perchoir, Ingrith rejoint Gerda et Perceval à l'entrée principale du château. Une fois sur place, elle ramasse lentement une fleur tombale de sa main gantée. Elle passe délicatement un doigt le long d'un pétale.

– On ne peut qu'espérer, dit-elle.

– Mère ?

Ingrith sursaute en entendant la voix de Philippe. La fleur tombale tombe par terre. Il se tient les bras croisés, et son regard passe de sa mère aux soldats.

– Que se passe-t-il ? poursuit-il.

Déglutissant, Ingrith ôte son gant et ramasse la fleur tombale. La douleur est instantanée quand sa peau touche la fleur, mais elle réprime un cri et la tend à son fils.

– C'était censé être une surprise, explique-t-elle. De vraies fleurs pour ton mariage.

– Des fleurs ? répète Philippe. Ne vont-elles pas vous rendre malade ?

Ingrith sent la sueur perler à la base de ses cheveux alors qu'elle tient toujours la fleur incriminée.

– Un petit sacrifice pour Aurore… Elle le mérite, ment Ingrith.

Elle doit faire croire à son fils que tout va bien. Ingrith pousse brusquement la fleur dans la main de Philippe et remet son gant. Immédiatement, elle sent son cœur ralentir et la sueur s'estomper.

– Va te reposer, dit-elle en pressant Philippe à l'intérieur du château. Dans quelques heures, tout sera terminé.

Alors qu'il disparaît entre les portes, Ingrith jette un regard aux fleurs tombales et sourit d'un air sinistre. En effet, dans quelques heures tout sera terminé… pour le peuple des fées.

Chapitre TREIZE

Maléfique regarde Borra déposer lentement Conall au pied de l'arbre géant. Ils sont revenus au nid juste à temps. La respiration de Conall est peu profonde et son visage blême. Du sang suinte des dizaines de blessures et forme une flaque en dessous de lui. Cette vision rend Maléfique malade de culpabilité.

L'arbre semble réagir à la douleur de Conall et au chagrin de Maléfique. Ses feuilles s'affaissent et son écorce commence à goutter, comme s'il pleurait. Les profondes racines se soulèvent, créant un berceau autour de la fée noire immobile.

Les nouvelles se sont rapidement répandues, et la pièce se remplit d'autres fées qui se rassemblent. Leurs conversations sont étouffées. Maléfique surprend des bribes. « Humains ». « Balles de fer ». « Attaque surprise ». Et la pire de toutes : « Sacrifice ».

Maléfique regarde Conall et tente de calmer son cœur qui s'emballe. Ce n'est pas normal. Ce n'est pas juste. Elle ne lui a pas demandé de donner sa vie pour elle, pourtant c'est presque comme si elle savait qu'il serait là… Que leur destin était écrit depuis longtemps. Mais cela ne semble pas juste pour autant… Elle vient de rencontrer Conall. Et là, elle risque de le perdre, pour toujours.

Entendant renifler dans son dos, Maléfique se retourne. Une jeune fée, l'une de celles qu'elle a regardées apprendre à voler, se tient désormais à ses côtés. Elle pleure ouvertement alors qu'elle touche, avec précaution, l'une des nombreuses plaies de Conall. Voyant sa propre douleur se refléter sur le visage de la jeune fée, Maléfique l'entoure délicatement de ses bras. La jeune fée place sa tête au creux de l'épaule de la fée noire et laisse ses larmes couler. La recouvrant de ses ailes, Maléfique lui caresse doucement la tête alors qu'elles pleurent ensemble.

Perdue dans l'instant, Maléfique ne remarque pas les yeux de Borra posés sur elle, pendant qu'elle réconforte la petite. La colère qu'elle éprouve est toujours là, frémissant sous la surface, alors qu'elle se tient sous le lourd feuillage de l'arbre géant, près d'un Conall à l'agonie. Mais pas besoin de le montrer à Borra. Il le sait. Le sacrifice de Conall n'a pas seulement impacté Maléfique. Il a impacté tout le nid. Et sa mort laisserait un vide impossible à combler.

Diaval n'aime pas la situation. Il n'aime pas la Lande sans Maléfique, il n'aime pas être piégé sous forme humaine, et il n'aime pas non plus être forcé à quitter la Lande – de nouveau – pour assister au mariage d'Aurore. Selon lui, elle devrait se marier dans son propre palais, parmi son peuple, pas de l'autre côté du fleuve dans le froid château d'Ulstead.

Et pourtant, il suit une longue procession d'habitants de la Lande en route pour l'événement. Le soleil apparaît tout juste à l'horizon, éclairant la Lande de rouge, d'orange et de rose brillants. Diaval lève les yeux : le ciel est sans nuage. C'est le jour idéal pour un mariage. Pourtant, il n'arrive pas à se défaire du sentiment qu'une tempête se prépare, et cela le met mal à l'aise. Il rabroue une fée des champignons qui le dépasse et qui manque de le faire tomber.

En tête, Racine, l'arbre-garde d'Aurore, s'arrête à la frontière. Hortense bat nerveusement des ailes, tentant de maintenir l'ordre.

– Que tout le monde reste groupé ! crie-t-elle. Nous allons quitter la Lande.

– Attrapez la main, l'aile ou la queue de la personne la plus proche, ajoute Florette.

Satisfait que tout le monde soit prêt, Racine grogne et franchit la frontière. Pour la première fois depuis longtemps, presque toutes les fées à sa suite quittent la Lande pour entrer dans le royaume des humains.

Alors qu'Hortense, Florette et Capucine volent autour de lui, Diaval garde la tête baissée. Son sentiment de malaise grandit à mesure qu'ils approchent d'Ulstead. Il a beau voir les bannières colorées flotter dans la brise et entendre des cloches sonner gaiement, Diaval reste sur ses gardes. Pour lui, ils entrent en territoire ennemi. Et, en l'absence de Maléfique, ils le font sans réel gardien pour les protéger.

S'approchant de la porte principale, Diaval repère une rangée de soldats lourdement armés. Cela contraste étrangement avec l'atmosphère festive partout ailleurs, et il accélère le pas pour ne pas passer trop de temps près d'eux. À l'avant, les gardes guident les invités. Il y a deux queues. Les humains – un mélange confus de nobles et de roturiers – sont conduits dans une direction tandis que le peuple de la Lande doit se rendre directement à la chapelle.

Alors que Diaval s'approche de l'édifice, un soldat l'arrête.

– Oh, je suis avec la mariée, explique l'homme-corbeau.

À son grand étonnement, le soldat le sort de la file.

– On nous a demandé de laisser s'installer d'abord, euh… « l'autre espèce », fait-il en désignant le peuple de la Lande.

L'espace d'un instant, Diaval est confus. Que veut dire le soldat ? Il comprend soudain. À ses yeux, Diaval semble humain. Il maudit silencieusement Maléfique de l'avoir abandonné dans cet état atroce.

– En réalité, je suis un corbeau, tente-t-il de clarifier.

Cette fois, c'est au tour du soldat de n'y rien comprendre.

– Un quoi ? demande-t-il.

– Un petit oiseau noir. D'à peu près cette taille, explique Diaval en écartant les mains d'environ vingt centimètres.

Le militaire hausse les épaules, incertain. Mais la file s'allonge derrière eux. Avec impatience, il pousse Diaval avec les humains et lui dit d'attendre. Puis il retourne voir le peuple de la Lande qu'il continue de presser dans la chapelle.

– Nous devrions être installés en premier, marmonne un noble à proximité. Je n'y comprends rien ! Pourquoi devons-nous les attendre ?

Alors que d'autres humains expriment leur mécontentement, Diaval écoute et observe. Son mauvais pressentiment s'intensifie. Quelque chose cloche. Mais quoi ? Pourquoi séparer le peuple de la Lande des humains ? Profitant de la distraction, Diaval recule et se met hors de vue.

Il est peut-être dépourvu de ses ailes, mais il lui reste ses yeux et ses oreilles. Il doit s'en servir pour comprendre ce que tout cela signifie…

Aurore remarque à peine la fanfare à l'extérieur des murs de sa chambre. Elle n'entend pas les cloches sonner ou le léger tintamarre des centaines d'invités qui commencent à affluer avant le lever du soleil. C'est le jour de son mariage, et elle est déjà épuisée.

Elle a pratiquement passé une nuit blanche ; les mots de Diaval n'ont cessé de résonner dans sa tête. Et si Maléfique n'était pas responsable de l'état du roi ? Et, dans ce cas, si cette dernière n'est pas fautive, qui donc aurait pu faire une chose pareille ? Quand elle essayait d'arrêter de réfléchir et de fermer les yeux, des images de Maléfique lui apparaissaient. Quand le sommeil est enfin arrivé, ses rêves ont été assaillis de cornes, de magie verte et d'yeux encore plus verts. Elle a fini par abandonner l'idée de se reposer et a passé le reste de sa longue nuit à faire les cent pas dans ses appartements, arrivant à une conclusion toute simple : quelque chose cloche. Elle le sait. Mais elle ignore quoi. Ou quoi faire.

Elle se trouve à présent face à la robe de mariée de la reine Ingrith – ou plutôt la sienne. La robe pend devant elle, les motifs ornés semblant changer à mesure que le soleil joue avec la broderie de perles à travers la fenêtre. Ses yeux passent de cette robe à celle qu'elle comptait porter. Elle est simple en comparaison, sans broderies ni bijoux. Ses doigts la démangent de l'enfiler à la place de celle d'Ingrith. Entendant quelqu'un frapper doucement à la porte, elle se retourne et découvre Philippe. Elle hoche la tête.

– Je sais, je sais. Ça porte malheur, dit-il en déchiffrant son expression. Mais il fallait que je vous voie.

Il lui tend une fleur.

Aurore n'écoute plus. Ses yeux se fixent sur la fleur. Elle la lui prend des mains. Maléfique lui a appris il y a bien longtemps l'importance des fleurs tombales. Il ne faut *jamais* les cueillir ou les éloigner de la Lande.

– Une fleur tombale ? Où l'avez-vous trouvée ? demande-t-elle.

Il regarde la fleur puis relève les yeux vers Aurore en haussant les épaules.

– C'est un cadeau… de ma mère.

Comme Aurore ne dit rien, Philippe lui donne un rapide baiser au sommet du crâne avant de s'en aller, sans avoir conscience que le cerveau de sa fiancée tourne à plein régime.

– Le soleil est levé, Aurore. C'est le jour de notre mariage.

À ces mots, il s'en va.

La jeune fille reste là un long moment, après le départ de Philippe. Ses doigts tremblent alors qu'elle tient la fleur sacrée. Ingrith n'a aucune raison d'avoir une fleur tombale… C'est insensé.

Rapidement, Aurore quitte sa chambre. Elle doit trouver Ingrith au plus vite. Peut-être que la reine a une explication rationnelle pour avoir arraché un tel trésor à la Lande ? Mais pendant qu'elle se déplace, Aurore ne peut s'empêcher de s'inquiéter : et si ce mauvais pressentiment était lié à Ingrith en personne ?

Chapitre

QUATORZE

Aurore est heureuse, pour une fois, de toute l'agitation causée par le mariage. Pendant que tout le monde est occupé à préparer l'événement, elle peut se faufiler à travers les couloirs du château sans se faire remarquer. Elle se fraie un chemin vers la chambre de la reine et frappe. Comme personne ne répond, elle ouvre la porte avec prudence avant d'entrer.

La pièce est sombre et silencieuse. Ingrith, sans doute déjà habillée, est partie. Lentement, Aurore parcourt la chambre et l'observe. Elle ne sait pas vraiment ce qu'elle cherche – un tas de fleurs tombales, un journal détaillant les pensées d'Ingrith… Quoi qu'il en soit, elle ne l'aperçoit pas. Elle s'enfonce donc plus profondément dans la pièce, pénétrant dans une énorme garde-robe. Les mannequins grandeur nature lui font face, l'air menaçant dans la faible lumière.

Soudain, un fort murmure remplit l'espace. Les yeux d'Aurore s'écarquillent alors que le bout de son doigt devient douloureux. Baissant la tête, elle voit que sa cicatrice – le rappel physique du moment où elle s'est piqué le doigt pour tomber sous la malédiction de Maléfique – est d'un rouge vif.

Que se passe-t-il ?

Le murmure dans sa tête s'intensifie alors qu'elle s'approche des mannequins. C'est un son à la fois familier et étranger. Fermant les yeux, elle autorise le chuchotement l'entraîner plus en avant, de l'autre côté des mannequins, contre le mur de la garde-robe. Le mannequin le plus proche d'elle tombe lourdement alors qu'elle pousse contre le mur. Le murmure s'intensifie encore, se fait plus frénétique. Elle pousse plus fort et entend un *clic*. Puis une porte secrète s'ouvre, révélant un escalier caché.

Le doigt l'élançant et la tête pleine de murmures, Aurore franchit le seuil et descend les marches. Elle a la sensation que quelque chose – ou que quelqu'un – contrôle son corps. À la manière d'un pantin, ses pieds se lèvent et se baissent, comme tirés par des ficelles invisibles. En atteignant le bas des marches, le murmure se fait encore plus intense. C'est presque un cri désormais. Le bruit efface tout le reste. Elle ne remarque même pas les jarres pleines de fées ou le petit homme à leur côté qui crie.

Elle n'entend rien d'autre que le murmure ; elle ne sent rien d'autre que la cicatrice qui la tire vers l'avant. Traversant le laboratoire, elle ne s'arrête pas avant d'atteindre le milieu d'une alcôve. Et là, face à elle, se trouve le rouet avec son fuseau brillant d'une lueur diabolique, à la lueur d'une dizaine de bougies.

Les murmures se taisent enfin.

La transe est rompue, Aurore observe le rouet. Prudemment, elle le tire hors de la petite pièce sombre. À la lumière plus vive du laboratoire, le rouet reflète l'expression stupéfaite d'Aurore.

Pourquoi se trouve-t-il ici, au château d'Ulstead ?

Puis, en un éclair, Aurore comprend tout.

Elle revoit le dîner fatidique. Elle entend Ingrith narguer Maléfique, titiller sa colère en parlant de l'installation d'Aurore à Ulstead pour devenir la fille qu'Ingrith n'a jamais eue. Elle ressent la colère de Maléfique et observe la magie se rassembler autour de la fée noire, poussant Ingrith à s'accrocher à son mari, par peur.

Mais désormais, elle voit aussi la réalité. Ingrith n'a jamais eu peur. Elle n'a aucune envie qu'Aurore fasse partie de sa vie. Ce ne sont que des paroles pour énerver Maléfique, pour pouvoir mettre son plan à exécution. Et elle le fait avec brio. Personne ne pense à observer de plus près la reine recroquevillée au côté de son mari, le visage pâle, les mains tremblantes. Personne ne pense à vérifier si ses longues manches ne cachent rien de suspect. Et personne ne remarque qu'au moment même où le roi Jean grimace de douleur, la pointe du fuseau étincelle avant de disparaître dans la manche d'Ingrith.

Tout le monde est focalisé sur Maléfique, sa magie verte, les histoires terrifiantes qui l'entourent, et l'erreur qu'elle a commise il y a bien des années.

C'était la coupable idéale.

Et Aurore, comme tous les autres, s'est laissé complètement duper. Alors que les images s'estompent, Aurore laisse échapper un cri d'angoisse, avant de tomber à genoux. La peine la submerge. Elle a supplié Maléfique de sauver le roi Jean alors que la fée noire était innocente. Elle a tourné le dos à Maléfique, tout comme son père, le roi Stéphane, des années plus tôt. Elle a prouvé à Maléfique que les humains sont exactement comme elle se les imagine – froids, cruels et instables.

Qu'a-t-elle fait ?

Non : qu'est-ce qu'Ingrith lui a *fait* faire ?

Un sentiment puissant tranche avec la colère d'Aurore : la détermination. Avec un œil nouveau, Aurore aperçoit Lèchebotte qui court vers elle, agite les bras et lui hurle de sortir. Ses yeux se plissent quand elle prend enfin conscience de son environnement.

Quel est cet endroit ?

Elle voit des rangées de jarres derrière le petit homme et, dans chacune d'elles, une fée.

– Les fées disparues ! commente-t-elle, sous le choc.

Puis elle retourne son regard vers l'homme, et sa confusion croît encore.

– Et vous… Vous êtes une fée !

L'homme ricane.

– Comment osez-vous me traiter de fée ?

Ignorant ses protestations, Aurore se penche pour soulever l'arrière de sa chemise. Deux cicatrices parallèles courent le long de son dos.

– Ils ont pris vos ailes, dit Aurore, horrifiée.

C'est l'une des pires choses qu'un humain puisse faire à une fée. Pourtant, celle-ci semble travailler pour Ingrith.

– Quel est votre nom, fée ?

– C'est… Lèchebotte, finit-il par dire. Et je ne suis pas une fée. Je suis un noble !

Aurore ressent une étrange tristesse à l'égard de la créature. La reine lui a pris ses ailes et le retient prisonnier. Et pourtant, il continue de travailler pour elle, trahissant sa propre espèce… Elle se demande pourquoi.

Comme s'il lisait dans ses pensées, Lèchebotte continue.

– Elle m'a promis que… quand la dernière fée aurait disparu, je serais libre.

– Disparu ? répète-t-elle comme si ce mot était empoisonné. Mais nous devons les libérer !

Elle se rapproche et lui tend la main. Ses yeux le supplient alors qu'elle désigne les autres fées, prisonnières des jarres.

– Elles ne méritent pas un tel sort.

– Leur place est dans la Lande.

– Et la tienne aussi, Aurore…

La voix d'Ingrith est reconnaissable entre toutes. Aurore se retourne et voit la reine s'avancer dans la faible lumière. Ses yeux sont aussi froids que sa voix quand elle continue de parler.

– Une humaine. Qui a trahi sa propre espèce.

Derrière Ingrith se tiennent deux gardes lourdement armés, les mains posées sur leurs épées et des arbalètes attachées dans le dos.

– Vous ! s'exclame Aurore. C'est *vous* qui avez maudit le roi !

– Il ne m'était plus utile, répond froidement la reine.

– Comment avez-vous pu ? lâche Aurore.

Une vision du roi, le corps inerte sur son lit tandis que Philippe pleure à son chevet, lui vient en mémoire. Elle fixe la femme glaciale avec incrédulité.

Ingrith l'ignore. Elle parcourt la pièce, passe ses doigts le long des jarres, s'attardant sur une fiole bouillonnante.

– Tu as beau être reine, tu es très jeune. Régner sur des humains est un peu plus compliqué que courir pieds nus avec des fleurs à tes cheveux.

Aurore ouvre la bouche pour protester, mais un regard acéré d'Ingrith la fait taire.

La reine poursuit. Sa voix se fait plus profonde alors qu'elle raconte son histoire à Aurore.

– Quand j'étais petite, le royaume de ma famille bordait la Lande. Lors d'un hiver particulièrement rigoureux, nos cultures sont mortes et le peuple n'a pas survécu. Alors que nous regardions par-dessus nos murs, nous pouvions voir le peuple des fées prospérer.

En mentionnant les créatures, les lèvres d'Ingrith s'ourlent en un sourire sarcastique.

– Mon frère et moi pensions que nous devions prendre ce dont nous avions besoin – ce que nous méritions – mais mon père, le roi, préférait s'en rapporter à leur gentillesse. Choisissant la paix avant notre peuple, il a envoyé mon frère exécuter ses ordres.

Elle s'arrête devant une jarre. À l'intérieur, une fée captive recule désespérément. Mais elle n'a nulle part où aller. Ingrith sourit avec cruauté, avant de continuer.

– Ces sauvages… ces créatures à peine capables de grogner, encore moins de discuter, l'ont tué.

Aurore secoue la tête.

– Je ne vous crois pas.

Ingrith l'ignore.

– Notre peuple est devenu craintif. Ils ont renversé mon père, et le pays a sombré dans le chaos. J'ai été chassée… forcée à épouser le roi Jean d'Ulstead, un autre roi faible qui parle de tolérance et de courtoisie.

Ingrith serre les poings, encore plus pâle qu'à l'accoutumée. Son regard dur se pose à nouveau sur Aurore.

– Et voilà que mon propre fils est corrompu lui aussi par des visions d'harmonie ! Mais « la paix » ne causera pas notre perte !

La reine s'approche d'Aurore, qui recule d'instinct. Lissant l'avant de sa robe, Ingrith se ressaisit. L'étincelle de colère qu'elle montrait a disparu. Une fois de plus, elle n'est plus que pierre et glace.

– Je fais ce que les hommes avant moi n'ont pas su faire, explique-t-elle. Il faut parfois une touche féminine.

S'apprêtant à partir, elle fait signe aux soldats.

– Enfermez-la. Une guerre se prépare.

Avant qu'Aurore n'ait le temps de bouger, les soldats se jettent sur elle. Lui saisissant les bras, ils la traînent hors du laboratoire. Derrière elle, elle aperçoit les fées – son peuple – cogner désespérément contre les jarres pour tenter de sauver leur reine. Désormais, elle ne peut plus rien pour elles non plus.

Alors que la porte de ses appartements est verrouillée, Aurore regarde les terres du château en contrebas. Elle est prise au piège. Et Ingrith est libre de détruire le peuple des fées – définitivement.

Oh, Maléfique, où êtes-vous ? songe Aurore en cognant en vain les poings sur la porte close. C'est peine perdue... Personne n'entendra son appel à l'aide, Ingrith y a veillé. De colère, Aurore frappe à nouveau la porte. Pourquoi Maléfique n'est-elle pas revenue ? La jeune fille ne peut pas s'en sortir seule. Elle ne peut pas regarder tous ceux qu'elle aime être détruits ! Mais sans Maléfique, comment arrêter Ingrith ?

Ses sanglots retentissent dans la pièce alors qu'elle cède à la souffrance. Ce jour qui devait être le plus beau jour de sa vie est désormais le pire.

Dans les appartements du roi Jean, Philippe reste assis à fixer le corps inerte de son père. La pièce est sombre. D'épais rideaux ont été tirés devant les fenêtres – sur ordre de la reine –, bloquant toute once de lumière et de son. Dans l'ombre grise, les énormes trophées au mur paraissent plus grands, plus effrayants. Ils semblent toiser le roi, comme amusés de voir la vie de l'homme qui a mis fin à la leur ne tenir qu'à un fil.

Philippe prend délicatement la main de son père dans la sienne. Elle semble frêle, les veines visibles sous la peau. Toutes ces années, Philippe pensait que rien ne pouvait arrêter son père. Il avait une telle joie de vivre ! À bien des égards, le roi Jean compensait la froideur d'Ingrith. Il était le parent au grand cœur. Il était présent à tous les moments importants de la vie de Philippe – de ses premiers pas à la première fois qu'il est monté à cheval, en passant par le jour où il est revenu de sa première victoire au combat. Et aujourd'hui, il va manquer le jour le plus important de tous…

– Je veux simplement que vous soyez à mes côtés, dit doucement Philippe, la voix chargée d'émotion.

Il marque une pause, comme si par miracle les yeux de l'homme allaient s'ouvrir et qu'il allait dire :

– Ah mais bien sûr, mon fils. Je ne manquerais cela pour rien au monde.

Mais le roi garde le silence.

Philippe doit se débrouiller seul. Il se relève.

– J'espère vous rendre fier, dit-il.

Puis il se détourne et récupère l'épée posée sur une table à proximité. La rangeant dans son fourreau, il se dirige vers la sortie. Mais, ce faisant, le bras de son père se contracte sur le lit. Le lin de la manche du roi bruisse contre les draps, relevant le tissu. En entendant ce bruit, Philippe se retourne. Son père a-t-il entendu ses paroles ? Est-il en train de se réveiller ? Mais l'homme est à nouveau immobile. À la seule différence que son bras est désormais plus exposé.

Les yeux de Philippe se plissent alors qu'il s'approche de son père. Il se penche. Là, à peine visible, se trouve un petit point rouge à son bras. Il est légèrement enflé, et la peau qui l'entoure est irritée. Philippe lève le bras de son père, tentant d'y regarder de plus près. Le point lui rappelle la fois où il s'est fait piquer par une guêpe en colère : la piqûre était petite et urticante, mais elle n'a pas duré plus d'une journée. Une guêpe est-elle entrée dans la pièce ? Philippe jette un œil aux épais rideaux qui recouvrent les fenêtres. C'est peu probable... Alors qu'est-ce qui a donc causé cette piqûre ?

Philippe repose le bras de son père. Il doit y aller. Mais une pensée le taraude et le pousse à s'arrêter. Cette marque... elle a quelque chose de familier.

Philippe secoue la tête et s'avance vers la porte. Il est ridicule de s'imaginer des scénarios improbables. Cela ne changera rien au fait qu'il s'apprête à se marier sans la présence de son père.

Chapitre

QUINZE

Conall est à l'agonie.

Maléfique n'a pas quitté son chevet depuis qu'il a été placé près de l'arbre géant. Elle est restée auprès de lui pendant qu'il luttait contre la douleur, quand son corps s'est finalement arrêté de bouger, et même quand il peinait pour faire circuler l'air dans sa poitrine.

Lentement, alors que les autres fées forment un cercle autour d'eux, Maléfique pose sa main sur le torse de Conall. Elle entend la voix basse de Borra et le bruit de leurs pas quand les autres guerriers et lui quittent la pièce sacrée. Elle tente de ne pas écouter leurs paroles, mais ses oreilles n'arrivent pas à résister. Leurs voix ne sont pas assez basses.

– Conall voulait la paix, dit Borra.

Maléfique ne le voit pas, mais elle imagine ses yeux rouges emplis de rage.

– Et ils l'ont criblé de fer. Nous allons désormais avoir notre guerre. La bataille commence dès maintenant.

Alors que les autres se joignent à son cri, les doigts de Maléfique se tendent. Ce n'est pas ce que souhaite Conall. Pas même sur son lit de mort. Il est bon, indulgent, il veut voir un autre chemin… Elle le sait. Mais Maléfique est partagée. Elle sait aussi que Borra n'a pas tort. Les humains les massacrent... Doivent-ils rester les bras croisés sans rien faire ?

– Aujourd'hui, l'empire des humains va tomber ! poursuit Borra. Et nous ne montrerons *aucune pitié* !

Alors que son cri s'estompe, un battement d'ailes emplit la pièce. Les guerriers s'en vont.

Il est temps d'engager le combat contre Ingrith et les humains.

Ingrith est satisfaite. Après tous ces préparatifs et ces complots, elle va enfin prendre sa revanche sur le peuple des fées. Tous les obstacles ont été écartés. Sur ses instructions, Aurore a été enfermée dans ses appartements et toute la population de la Lande se trouve, en ce moment même, coincée dans la chapelle. Grâce à Lèchebotte, la poudre de fleur tombale est prête. Tout est parfait.

Même quand Perceval la prévient qu'un groupe de fées noires est en approche, Ingrith ne se laisse pas perturber. Qu'elles viennent : elles ne seront pas de taille face à la poussière rouge. Grandes ou petites, elle les détruira toutes.

Depuis sa tour, elle entend l'orgue jouer. Son sourire s'élargit. Elle visualise la scène : Gerda a dû prendre place derrière le large instrument qui domine le mur au fond de la chapelle. Derrière elle, les fées ont dû s'installer, pressées de voir leur reine entrer dans l'église. Mais elles sont loin d'imaginer qu'il s'agit du début d'un massacre, et non d'un mariage.

C'était son idée – brillante, selon elle – que la poussière rouge de Lèchebotte soit placée dans les énormes tuyaux de l'orgue. Alors que Gerda commence à jouer, la poussière rouge – faite de fleurs tombales – est envoyée dans les conduits et dans les airs, détruisant la moindre de ces méprisables créatures de la Lande.

Quand la musique s'intensifie, Ingrith approuve de la tête, satisfaite. Impossible d'échapper à son piège ! Elle sait que la poussière rouge a commencé à remonter les allées. Elle se délecte à l'idée que, quand la poussière touche les fées, celles-ci se transforment une à une jusqu'à ce qu'il n'y ait plus dans la chapelle que des restes inanimés.

Le massacre est lancé. Ingrith a réussi. Elle a gagné.

Aurore cogne contre la fenêtre de sa chambre. Elle regarde les dernières fées entrer dans la chapelle en contrebas. Elle voit les gardes barricader les lourdes portes, empêcher le peuple des fées de partir. Une fois de plus, elle écrase ses poings contre le verre, tentant d'attirer l'attention de quelqu'un. En vain. Personne ne peut l'entendre… Et les gardes postés à l'extérieur de sa chambre ont reçu l'ordre d'ignorer ses cris.

Ses mains s'arrêtent contre le verre alors qu'elle laisse tomber sa tête contre la vitre. Ses yeux se ferment un instant. Quand elle les rouvre, elle a le souffle coupé. Elle cligne rapidement des paupières, comme pour faire le point. Mais ce n'est pas une hallucination : là, montant en flèche vers le château, se trouve un groupe de fées noires. Comme Maléfique, leur vol est majestueux. Leurs ailes s'étendent sur près de quatre mètres, et même de loin, Aurore peut voir leur puissance. L'espoir brûle dans sa poitrine. Maléfique est-elle avec eux ?

Avec une détermination renouvelée, Aurore fait les cent pas. Les fées noires sont puissantes, mais elles ne peuvent pas vaincre Ingrith seules. Elle doit les aider à arrêter la reine et sauver son peuple. Mais comment ?

C'est alors que ses yeux se posent sur la longue traîne de la robe de mariée d'Ingrith – celle qu'Aurore est censée porter aujourd'hui même. Elle se trouve toujours sur le mannequin, et une idée commence à germer. Aurore s'approche de la robe, lève la traîne et tire dessus. Le tissu est résistant. Cela pourrait fonctionner…

Elle se précipite vers le lit, enlève les draps et les noue les uns aux autres. Quand elle arrive à court de linge, elle noue l'extrémité à la traîne de la robe de mariée. Après avoir attaché le tout à la colonne de lit, elle marque une pause, observe la longueur considérable de sa « corde » de fortune. *Je suis sûre que ce n'est pas ce qu'Ingrith avait en tête en me donnant sa robe,* pense Aurore, s'autorisant un léger sourire.

Satisfaite que tout soit en ordre, Aurore traîne la corde jusqu'à la fenêtre. Se servant des draps pour protéger sa main, elle écrase son poing, sans relâche, contre le verre, jusqu'à ce que la vitre se brise avec fracas. Alors que le verre vole en éclats sur le sol, Aurore lance la corde par la fenêtre et la laisse se balancer. Puis elle retourne vers la porte de sa chambre en courant.

Un instant plus tard, comme elle s'y attendait, les gardes font irruption dans la pièce. Repérant la corde, ils se précipitent à la fenêtre pour regarder au-dehors. Ils en déduisent qu'Aurore s'est échappée en sautant. Mais ils se trompent. Distraits par la vitre brisée et la corde de fortune, ils ne la voient pas se glisser par la porte ouverte. Ils ne comprennent pas où elle se trouve avant d'entendre la porte claquer et le loquet cliqueter.

À présent, ce sont eux les prisonniers, et Aurore est libre.

Mais pas pour longtemps. Dévalant le long couloir, la jeune fille repère quatre gardes s'avançant dans sa direction. La tête lui tourne alors qu'elle cherche une issue. Il semble que sa seule solution soit une autre fenêtre… À travers la vitre ouverte, elle aperçoit la corde de fortune. Prenant une profonde inspiration, elle court… et saute. Ses bras et ses jambes battent l'air alors qu'elle se tend pour attraper la corde. Ses doigts saisissent le tissu et elle s'accroche tout en pendillant un moment ; son corps se balance d'avant en arrière. Au-dessus d'elle, elle entend un bruit strident quand le lit, auquel la corde est toujours attachée, se met à bouger sous son poids.

Le bruit se fait plus fort. Aurore hoquette. Ce n'est qu'une question de temps avant que le lit traverse la pièce. Et quand il s'écrasera contre le mur, sa chute causera sa mort. Frénétiquement, Aurore se met à bouger les jambes, se balançant comme un pendule.

Elle tombe plus bas alors que le lit glisse de quelques mètres supplémentaires à travers la pièce. Elle se balance désormais face à une autre fenêtre. Si elle ne trouve pas rapidement un moyen de descendre de la corde, elle mourra ! Elle entend le son de l'orgue depuis la chapelle en contrebas. Puis les cris du peuple des fées. C'est un cauchemar ! Aurore s'agite. Elle doit rejoindre son peuple... Pressant ses jambes encore plus fort, elle se balance de plus en plus vite jusqu'à s'écraser à travers la vitre la plus proche.

Ses pieds atterrissent sur la moquette des appartements du roi. Alors qu'elle tente de retrouver l'équilibre, ses bras battent sauvagement l'air. Elle est à deux doigts de basculer à travers la fenêtre quand une main la stabilise. Levant la tête, elle se retrouve face au regard chaleureux de Philippe.

– Que se passe-t-il ? demande-t-il.

Aurore n'a pas l'occasion de répondre. Un *boum* sonore ébranle la pièce. Par la fenêtre brisée, elle aperçoit les fées noires qui approchent du château. Elles s'élancent et plongent à travers les airs tandis que Perceval et une dizaine d'autres soldats leur tirent dessus depuis la tour de la reine.

L'espace d'un instant, Aurore reste sans voix. Elle n'a jamais rien vu d'aussi beau de toute sa vie ! Les fées noires ressemblent à d'énormes oiseaux mythiques avec leurs ailes déployées. Certaines arborent des couleurs chatoyantes, d'autres sont plus ternes, de la couleur du sable et de la pierre. Certaines ont de larges cornes, tandis que celles d'autres sont plus petites au sommet de leur crâne. Mais elles ont toutes une chose en commun : Maléfique.

– Ces fées noires lui ressemblent tellement ! finit par dire Aurore, retrouvant sa voix.

Parcourant le ciel des yeux, elle s'efforce de voir si sa marraine se trouve parmi le groupe. Mais, bien que certaines fées lui ressemblent, Aurore ne voit pas Maléfique. Sa poitrine se soulève.

Philippe, lui aussi, est resté silencieux à l'approche des fées noires. Il pointe les créatures ailées du doigt.

– Maléfique nous déclare la guerre ! s'écrie-t-il. D'abord mon père, maintenant ça !

Aurore entend l'angoisse dans la voix de son fiancé. Elle ressent de la compassion pour lui, mais il est dans l'erreur. Elle ne dit rien, et regarde les soldats de Perceval faire feu avec leurs arbalètes. Le projectile, qu'elle ne parvient pas à distinguer, ressemble à un genre de bombe rouge. Il vole et percute l'une des fées. Avec horreur, elle voit la fée noire exploser, passant de l'état solide à l'état liquide. Une autre fée est touchée à son tour, elle se change en poussière.

Il s'agit forcément de l'arme d'Ingrith. Le visage d'Aurore pâlit en se rappelant la fleur tombale que Philippe tenait dans sa main quelques jours plus tôt. Il a dit que sa mère la lui avait donnée... Elle a dû en faire une arme, et elle se sert désormais de la poudre rouge contre le peuple des fées. Alors que les fées noires rompent leur formation, certaines plongeant vers le centre de la ville tandis que d'autres tentent de s'approcher de la tour de la reine, Aurore se détourne de la fenêtre. Elle voit Philippe sur le point de partir, désireux de mettre fin à une guerre qu'il ne comprend pas.

– Ce n'est pas Maléfique, lâche enfin Aurore. Elle n'a jamais maudit votre père. C'est l'œuvre de votre mère. Je suis navrée…

Philippe ouvre la bouche pour protester, mais il s'arrête en entendant des cris. Ses épaules s'affaissent.

– Que dites-vous ? demande-t-il doucement, comme s'il connaissait la réponse mais qu'il avait besoin de l'entendre.

– C'était le fuseau, explique Aurore, le cœur serré en voyant Philippe se décomposer. Il renferme toujours la malédiction…

Les bruits de guerre faisant rage à l'extérieur, Aurore s'avance au centre de la chambre jusqu'à l'endroit où le roi Jean repose sur son lit. Délicatement, elle lève son bras et remonte sa manche.

– Votre mère l'a utilisé contre votre père. Regardez, dit-elle d'un signe de tête vers la petite marque rouge à peine visible sur le haut du bras du roi.

Le visage de Philippe se déforme sous la douleur de ce qu'il comprend.

– Ce sont les mêmes marques, dit-il.

Aurore ne peut qu'acquiescer. Elle voit les pensées de Philippe se succéder sur son visage alors qu'il passe de l'incrédulité à la colère, puis au chagrin, avant de revenir à la colère. Elle ne veut pas qu'il souffre, mais elle a besoin qu'il soit de son côté. Maintenant, plus que jamais. Le tirant vers la fenêtre, Aurore désigne la chapelle en contrebas.

– Elle a enfermé le peuple de la Lande à l'intérieur !

Sa voix se fait plus frénétique quand elle pense à ce qui est en train d'arriver – sans doute en ce moment même – à son peuple.

– Ce n'est pas un mariage…

Elle regarde Philippe droit dans les yeux, voulant qu'il la croie.

– C'est un piège !

Lentement, Philippe tend la main et serre celle d'Aurore. La respiration de la jeune fille se bloque.

– Nous devons l'arrêter, dit-il.

Aurore expire. Puis elle lance un signe de tête déterminé à Philippe.

– Allons-y ! dit-elle.

Elle n'a pas besoin de préciser où. Il le sait : il doit trouver sa mère.

– Je vais à la chapelle !

Ensemble, ils franchissent la porte à toute vitesse. Aurore ne peut qu'espérer qu'ils n'arrivent pas trop tard.

Chapitre

SEIZE

Il ne reste plus beaucoup de temps. Maléfique le sait en regardant Conall. Son corps se décolore, sa respiration se fait de plus en plus saccadée. Par moments, il semble aller mieux, et Maléfique s'autorise l'infime espoir qu'il puisse peut-être tous les étonner en se remettant de ses blessures.

Mais il faiblit alors à nouveau. Les autres, sentant la fin arriver, lui font leurs adieux et laissent Maléfique seule avec Conall. La pièce, désormais plongée dans le silence, est étrangement douillette, même si Conall gît devant l'arbre géant.

Maléfique ne sait pas vraiment comment se comporter. Mais elle pense alors à Aurore, qui l'a toujours encouragée à dire ce qu'elle a en tête, ou sur le cœur. Elle peut taire ses sentiments, comme elle l'a toujours fait, mais est-ce que cela pourrait être bénéfique ? Comment cela pourrait-il aider Conall dans ses derniers instants ? Prenant une profonde inspiration, elle s'agenouille et prend la main de la fée noire dans les siennes : elle opte pour l'honnêteté.

– Vous m'avez sauvé la vie… deux fois, dit-elle, surprise d'entendre sa voix se briser sous l'émotion.

Conall ouvre la bouche, il tente de reprendre son souffle et de trouver l'énergie pour parler. Le voyant lutter, Maléfique sent ses yeux s'emplir de larmes. Difficile de croire qu'à peine quelques jours plus tôt, il était un modèle de puissance. Mais, bien que son corps soit faible, il y a toujours de la force dans ses yeux quand il la regarde.

– N'oubliez pas d'où vous venez, dit-il. J'ai pris ma décision. À vous de prendre la vôtre.

Pourquoi ? Maléfique a envie de pleurer. *Pourquoi avez-vous choisi de me sauver ?* Mais ces mots refusent de sortir.

– Je ne veux pas vous perdre, dit-elle à la place.

– Mon heure est venue, répond Conall. La mort est bien peu de chose.

Tout en parlant, il lutte pour s'asseoir. Il prend le visage de Maléfique entre ses mains, caresse doucement sa joue striée de larmes avec son pouce.

Se reculant, elle observe Conall alors que son dernier souffle quitte son corps. À ce moment, une lumière bleue se met à scintiller et à emplir l'air autour d'eux. Haletant sous le coup de la surprise, Maléfique aspire la lumière.

La réaction est immédiate. La plaie disparaît de son ventre alors que son corps absorbe l'esprit de Conall, qui se répand en elle. Elle sent une force renouvelée dans ses muscles, et ses ailes se déploient, vibrant de puissance. Baissant les yeux, elle voit la magie verte se rassembler au bout de ses doigts, palpiter, prête à être libérée. Se remettant sur ses pieds, Maléfique s'étire, puis ses yeux s'écarquillent.

Comme elle, l'arbre géant absorbe l'esprit de Conall. Le processus agit de la même manière que les fleurs tombales dans la Lande, comprend-elle. Un lien entre les vivants et les morts ; un réceptacle pour toutes les fées magiques qui passent de ce monde au suivant. Alors qu'elle l'observe, une nouvelle branche pousse sur l'arbre. Des feuilles d'un vert éclatant bourgeonnent et grandissent jusqu'à s'étoffer. S'étirant comme un bras, la branche couvre Conall jusqu'à le faire disparaître. Quelques instants plus tard, quand la branche se soulève, Conall n'est plus. Il fait désormais partie de l'arbre. Il repose enfin en paix.

Ce n'est cependant pas le cas de Maléfique. Sa nouvelle force s'accompagne d'une rage nouvelle. Elle veut se venger ! Se venger de ceux qui lui ont pris Conall, et se venger de ceux qui sont à l'origine de toute la tristesse des fées noires. Avec sa force retrouvée, elle va se venger coûte que coûte.

Après un dernier regard à l'arbre géant, Maléfique se redresse, puis, déployant ses ailes, elle prend son envol.

Ingrith est ravie.

Depuis sa tour, elle observe à travers son télescope une demi-douzaine de fées noires qui virevoltent pour tenter d'éviter les bombes rouges que ses soldats tirent avec désinvolture. Criant sur ses guerriers, le chef des fées leur indique de plonger. Ils descendent en piqué jusqu'au fleuve, puis rasent la surface, avant de remonter en trombe jusqu'au château. Près du mur de pierre, les soldats sont incapables de tirer avec précision, et les fées peuvent voler en sécurité.

Du moins, c'est ce qu'elles pensent.

Ingrith jubile alors que les premiers foncent droit dans son piège.

Battant des ailes, ils rasent le mur jusqu'au sommet. Une rangée de cerfs-volants flotte dans la brise face à eux. Repérant les décorations inoffensives, les fées volent dans leur direction.

Ingrith retient son souffle, attend qu'ils approchent. Encore. Et encore. Quand ils arrivent enfin à destination, elle crie :

– Feu !

À son commandement, les soldats font feu directement sur les décorations. En un instant, des détonateurs, jusqu'alors dissimulés, s'allument et des cerfs-volants libèrent des nuages de poussière rouge. Alors qu'Ingrith se délecte de la scène, quatre fées filent droit dans la poussière et se changent immédiatement en eau, en sable et en glace. Leur chef évite la poussière de justesse. Poussant un cri de rage, il fonce sur les soldats.

Mais cela n'a pas d'importance. Plus maintenant. Ingrith a eu exactement ce qu'elle voulait. C'est un massacre.

Elle se retourne et s'éloigne du bord de la tour. D'un signe à l'un des jeunes soldats, elle demande un rapport. Gerda se trouve encore dans la chapelle, l'informe-t-il. Alors qu'ils discutent, la garde envoie toujours de la poussière rouge sur les fées. Nombreux sont les êtres qui ont déjà été transformés, et ceux qui n'ont pas encore été touchés sont pris au piège. Ce n'est qu'une question de temps.

– Mère…

La voix de Philippe, au-dessus du barrage de poussière rouge, surprend Ingrith.

Elle se retourne et le voit à l'autre bout de la tour, les poings serrés, le visage figé par la déception et la colère.

– Vous devez y mettre un terme, dit-il.

Ingrith hoche la tête.

– Nous sommes en guerre, répond-elle.

– Ce n'est pas une guerre ! crache Philippe, dont la voix a perdu toute trace de patience et de bonté. C'est un massacre !

Si le venin ne lui était pas adressé, Ingrith aurait été impressionnée par la rebuffade soudaine de Philippe. Mais, pour l'instant, elle n'a pas le temps d'écouter son discours moralisateur. Elle a besoin qu'il comprenne.

– Ces créatures se tiennent entre nous et ce que nous méritons, dit-elle. Ulstead ne prospérera pas tant qu'elles seront en vie… tant qu'elles ont ce que nous n'avons pas. Je protège ce royaume… et ton avenir.

Les yeux de Philippe se plissent à ces mots.

– Et mon père ? Vous le protégiez, lui aussi ?

Ingrith réprime un grognement. La soudaine démonstration de pouvoir de son fils arrive au moment le moins opportun, et elle en a assez. Se tournant vers Perceval, qui observe l'échange mère-fils en silence, elle montre Philippe du doigt.

– Le prince ne se sent pas bien. Conduisez-le à sa chambre.

Une fois l'ordre donné, Ingrith redirige son attention sur le ciel. Derrière elle, Perceval hésite. Il ne sait pas vraiment quoi faire. Avant qu'il ne puisse réagir, Philippe passe à l'action. Le prince court jusqu'au bord et saute. Ingrith, secouée, regarde le corps de son fils planer un moment. Elle réprime un cri quand elle voit les bras du prince s'accrocher à la corde d'un cerf-volant de passage. Libéré des remparts, il vole vers le ciel. Mais, avec le poids de Philippe qui lui fait peu à peu perdre de l'altitude, il se met à chuter.

Un instant plus tard, Perceval suit son ami. Du bord de la tour, il saute et attrape les chevilles de Philippe. Ingrith les voit alors tomber hors de vue, dégringolant vers le sol en contrebas.

Ingrith sent que l'attention des soldats est tournée vers elle, mais elle refuse de leur donner satisfaction en laissant échapper la moindre réaction. Elle ne peut pas se permettre de faire marche arrière. Plus maintenant, alors que la victoire est si proche. Philippe a choisi le mauvais jour pour devenir un homme. Alors que les soldats s'emparent d'Aurore et l'éloignent, Ingrith observe le combat de Philippe et Perceval les conduire vers la pelouse. Elle le laisse partir.

Mais alors que son regard s'éloigne de la tour, elle aperçoit quelque chose – ou plutôt quelqu'un – à l'horizon : un nuage d'éclair vert grandissant. Le sourire victorieux d'Ingrith se fait moins assuré.

Maléfique approche…

Chapitre
DIX-SEPT

Diaval lutte pour se libérer des cordes qui lui lient les mains. L'épaisse ficelle qui s'enfonce dans sa chair le gratte et le brûle. Mais il remarque à peine la douleur ; il est trop focalisé sur les soldats chargés de le surveiller, les doigts posés sur leurs armes. Ils le fixent, prenant plaisir face à ce qu'ils imaginent être de la souffrance.

Après s'être glissé hors de la file des humains, Diaval a réussi à échapper aux gardes et aux soldats suffisamment longtemps pour rejoindre la chapelle. Les yeux emplis de terreur, il a regardé la poussière rouge – créée à partir des fleurs tombales qui marquaient autrefois les tombes des fées dans la Lande – s'amonceler sur le peuple captif des fées. Chaque fée touchée s'est instantanément transformée en sa forme « naturelle ». Les fées des champignons sont devenues de simples champignons ; les fées des pissenlits se sont changées en fleur, tandis que les fées des arbres se sont raidies – leurs jambes devenant des racines qui se sont plantées dans le sol de la chapelle. Avec horreur, Diaval a même vu Florette, la douce fée au grand cœur, se changer en buisson fleuri en tentant de sauver les autres. C'était traumatisant.

Puis Aurore est arrivée, et l'espoir est revenu.

– Aurore… dit Diaval, en la serrant très fort dans ses bras.

Il sent ses bras fins s'enrouler autour de lui et, durant un instant, ils restent accrochés l'un à l'autre, pendant que les fées appellent à l'aide.

– Il faut les sortir de là ! crie-t-elle en se libérant de l'étreinte.

Frénétiquement, elle se met à tirer sur la porte.

Distrait, Diaval n'entend pas les soldats venir vers lui. Des mains brutales s'emparent de lui et l'éloignent d'Aurore.

– Relâchez-le ! crie la jeune fille.

En réponse, deux gardes l'attrapent.

Diaval donne des coups, il lutte. Mais sans succès… En un éclair, les soldats fondent sur lui. Leurs corps, lourds et fétides, le recouvrent tandis qu'il se débat, haletant, pour se libérer. Il est cerné d'uniformes de soldats et est aveuglé par l'éclat que produit le métal de leurs armes.

Soudain, un hurlement strident rompt le vacarme de l'attaque des soldats. À sa grande surprise, Diaval découvre que le bruit émane de lui. Baissant les yeux, il constate qu'il n'a plus les mains faibles aux doigts longs d'un humain mais les coussinets massifs d'un ours noir. Poussant un nouveau rugissement, il se met à quatre pattes. Les soldats s'enfuient tandis que Diaval les chasse comme des insectes.

Diaval entend des cris dans son dos, et il en connaît la raison. Sa transformation est suffisamment éloquente, mais les paroles d'Aurore confirment l'information.

Levant les yeux au ciel, un sourire éclate sur le visage effrayé de la jeune reine.

– Maléfique ! dit-elle.

Diaval recule et pousse un nouveau rugissement. Ils vont *tous* payer.

Se retournant, il se débarrasse du dernier soldat avant de défoncer les portes de la chapelle. Le bois vole en éclats avec autant de facilité que s'il s'agissait d'un cure-dent. Le peuple des fées, qui a échappé à la transformation, afflue hors de la chapelle en courant pour se mettre à l'abri. Diaval est en charge de leur sécurité ; Maléfique s'occupera du reste.

Les ailes géantes de Maléfique battent avec force alors qu'elle s'approche d'Ulstead. Sa rage, qui était apparue en voyant la vie de Conall le quitter, s'est renforcée au cours du trajet au-dessus de l'eau. Maintenant qu'elle arrive à la frontière du royaume, elle bouillonne. De la magie verte s'échappe d'elle par ondes de choc puissantes et renverse tout sur son passage.

En s'approchant, elle agite les mains et ouvre un trou béant dans la terre, face au château. Les soldats, qui montent la garde, tombent dans l'abysse en hurlant. Grâce à un mouvement de doigts, elle crée une tornade qui descend du ciel, aspirant encore plus de soldats sur son passage. Les hommes lui tirent dessus, tentent de l'abattre, mais leur entreprise est vaine : Maléfique vole trop haut et est trop rapide. Elle leur échappe donc aisément.

Quand elle aperçoit les parapets d'un blanc étincelant, elle rit de tant d'ironie. La reine, qui réside en ce palais, a un cœur sombre qui se consume – ce qu'il y a de plus éloigné d'un blanc pur. *Son château lui aussi devrait être noir et se consumer*, pense Maléfique. Elle s'autorise un sourire. Elle y veillera – bientôt.

Mais elle a mieux à faire pour l'instant. Repérant Udo, piégé par une ficelle de cerf-volant, elle fond sur lui. Les serres aiguisées sur ses ailes luisent quand elle le libère. Le regard fou, brûlant de fureur et de détermination, elle parcourt alors le château des yeux en quête de la reine Ingrith. Comme elle ne repère pas sa proie, Maléfique vole plus bas. Elle écarte les soldats qui se mettent en travers de son chemin.

Elle ne veut qu'Ingrith.

Elle veut la détruire.

Mais où est-elle ?

Arrivant directement au-dessus du château, Maléfique aperçoit des colonnes de poussière rouge émanant de la chapelle. La fumée s'élève vers le ciel, où elle se mêle aux nuages, avant de disparaître. Maléfique repère également des dizaines de fées qui fuient par les portes de la chapelle pour sauver leur vie. Elle voit Hortense attaquer Gerda pour l'écarter de l'orgue. Mais Maléfique ne voit ni Capucine ni Florette. Elle plisse les yeux alors qu'elle vole plus bas pour y voir de plus près, et repère ce qu'elle comprend immédiatement être les restes du peuple des fées. Les bonnes fées sont-elles parmi ces restes ? Combien de vies ont été perdues à cause d'Ingrith ? Sa rage n'en est que décuplée.

Maléfique s'éloigne de la chapelle. Dans le ciel, derrière elle, elle aperçoit les fées guerrières – ou ce qu'il en reste – venir à sa rencontre. Elle leur fait un signe de tête ; elle a désormais conscience qu'elle va avoir besoin de leur aide pour vaincre Ingrith. La poussière rouge est une arme trop puissante – même pour elle.

Philippe n'arrive pas à croire que les choses soient allées si loin. Son mariage est un massacre : sa mère fait la guerre aux fées, elle a empoisonné son père, et le voilà qui tombe, accroché, impuissant, à un cerf-volant tandis que son ami le plus cher et le plus ancien se cramponne à ses pieds.

Percutant lourdement le sol, les deux hommes lâchent des grognements en se libérant du cerf-volant. Philippe est sur pied en un éclair. De l'autre côté de la pelouse, il entrevoit la chapelle : il doit s'y rendre au plus vite afin de rejoindre Aurore et le peuple des fées. Il se met à courir.

Mais un instant plus tard, Perceval le percute dans le dos et le projette à nouveau à terre. Ils roulent sur l'herbe et se rentrent dedans. Perceval lève le bras pour frapper, mais Philippe s'écarte juste à temps. Se relevant d'un bond, il serre les poings devant lui. Face à face, les deux hommes se déplacent d'avant en arrière. Si Philippe n'était pas si en colère, il rirait. Cela lui rappelle tellement l'époque où, enfants, ils apprenaient la lutte tandis que son père les encourageait. Ils s'amusaient autrefois. Désormais, ils se battent à mort.

– Rendez-vous ! hurle Perceval en bondissant en avant, forçant Philippe à faire un pas rapide en arrière.

Philippe continue de se mouvoir en secouant la tête.

– Ma mère a maudit le roi pour pouvoir détruire les créatures de la Lande, dit Philippe dans l'espoir d'ébranler son vieil ami. Ce sont vos hommes qui en paient le prix !

Alors qu'il parle, un autre soldat laisse échapper un cri strident en tombant sous la poigne d'une fée noire. Les pas de Perceval ralentissent, le doute le gagne. Philippe ouvre la bouche pour en dire davantage quand ils entendent un hurlement puissant. Perceval a été mis à terre par une masse confuse d'ailes et de peau tannée.

Soudain, Philippe se retrouve devant une fée noire. Il pense immédiatement à Maléfique. La créature ressemble énormément à la marraine d'Aurore avec les mêmes larges ailes et les mêmes cornes ; mais alors que Maléfique est sombre à la peau pâle et douce, cette fée a des ailes de la couleur du sable et la peau rêche et usée.

Il s'agit de Borra. La fureur se lit dans ses yeux et la rage, dans son cœur. Il cible Philippe.

Alors que le prince le regarde, les yeux de la fée se plissent. D'un puissant battement d'ailes, il plonge vers Philippe.

Au moment où les mains de la fée noire s'apprêtent à se refermer sur la gorge du prince, un tir percute Borra, qui tombe à terre. Il gît là un moment, une plaie béante sur son épaule.

Levant la tête, Philippe aperçoit Perceval assis, une arbalète entre ses mains tremblantes.

– Merci, articule-t-il silencieusement, alors que le soulagement s'empare de lui.

Mais ce sentiment est de courte durée. Sous les yeux horrifiés de Philippe, Borra se relève et s'avance vers Perceval, qui recule péniblement dans une tentative de fuite. La fée noire se penche et saisit l'arbalète des mains de l'humain avant de la lancer au sol où elle explose en morceaux. Tournant à nouveau son attention sur l'humain, Borra gronde et tend la main, s'apprêtant à faire subir le même sort à Perceval qu'à l'arbalète.

La respiration de Philippe est tendue alors qu'il reste planté là, paralysé. Il n'arrive pas à comprendre la situation. La trahison de sa mère, son indifférence totale pour toutes les vies – d'humain ou de fée – qui s'éteignent…

Le désir fou de la reine de détruire la Lande et toutes ses créatures. *Non*, pense-t-il une fois de plus. Le comportement de sa mère n'a aucun sens. Elle ne fait plus partie de sa famille, remarque-t-il. Les membres d'une famille ne se font pas de mal, ne se détruisent pas. Les membres d'une famille ne mentent pas, ne trahissent pas. Ingrith a cessé d'être sa mère au moment où elle a préféré poursuivre sa propre vengeance plutôt que de se préoccuper de lui et de son père. Sa famille à lui, c'est Aurore. Le bonheur de la jeune fille fait son bonheur. Le futur de la jeune fille est son avenir. Et il se battra jusqu'à son dernier souffle pour les préserver !

Les cris de Perceval ramènent Philippe à l'instant présent. Lentement, le prince lève son épée au-dessus de sa tête et s'avance. Il sait ce qu'il a à faire. Ce qu'il aurait dû faire depuis longtemps. Distrait, Borra ne remarque pas Philippe qui approche. Il ne remarque rien jusqu'à ce que le prince presse la pointe de son épée contre sa nuque. Instantanément, sa peau se met à brûler.

– Écartez-vous, ordonne Philippe.

– Allez-y, répond Borra, pressant son cou contre la lame, hermétique à la douleur.

Perceval lève les yeux, la surprise se lit sur son visage.

– Philippe, commence-t-il, on nous attaque !

Mais Philippe secoue la tête.

– Ce n'est pas mon combat, dit-il. La reine a voulu cette guerre, et vous la lui donnez.

À terre, Perceval regarde le prince comme s'il le voyait pour la première fois. Philippe fait un signe de tête à son ami. Voilà trop longtemps qu'il observe la cruauté de sa mère sans rien dire. Il en a assez de la laisser détruire ce qu'il y a de bon en ce monde. À nouveau, il s'adresse à Borra.

– Je ne laisserai pas sa haine détruire mon royaume ou le vôtre. Je n'aurai pas de sang de fée sur les mains.

Ces mots dits, Philippe lâche son arme. L'épée atterrit au sol, rebondit une fois avant de s'immobiliser. Dans la lumière déclinante, la lame étincelle.

Durant un long moment de tension, les deux hommes et la fée noire restent silencieux. Philippe garde les yeux rivés sur Borra alors qu'une rafale de magie fait trembler l'air derrière eux. Enfin, la fée fait un infime signe de tête. Il venait pour tuer Philippe, mais à présent, de mauvaise grâce, il comprend qu'il en est incapable. Mais cela ne veut pas dire que d'autres n'y arriveront pas. D'un battement de ses ailes puissantes, il s'élève dans les airs pour rejoindre les autres fées noires.

Philippe tombe à genoux. La respiration qu'il retenait s'échappe. Il reste ainsi, tête baissée, en tentant de reprendre contenance. Soudain, une ombre s'étend sur lui. Levant la tête, il aperçoit Perceval, debout, la main tendue.

– Mon prince, dit le soldat.

Prenant sa main, Philippe se relève. Perceval n'a pas besoin d'en dire plus. Ses yeux parlent pour lui. Les doutes qu'il avait se sont envolés, laissant place à la confiance. Perceval, comme Philippe, connaît la vérité à propos d'Ingrith. Et ensemble, ils vont l'arrêter. Une bonne fois pour toutes.

Chapitre
DIX-HUIT

Maléfique entend les cris de terreur des soldats, en contrebas. Elle ressent leur peur alors qu'elle envoie des vagues de magie vers le sol. Elle sent les feux qui ont commencé à dévorer le terrain du château d'Ulstead, et elle en tire un sentiment de force.

Mais une autre part d'elle, plus petite et moins sonore, proteste devant sa destruction irraisonnée. Cela ressemble grandement à Conall, la suppliant d'arrêter et de réfléchir à ce qu'elle fait et à qui elle fait du mal.

Elle tente d'ignorer cette partie. Elle a besoin de sa rage pour vaincre la reine ; laisser place aux sentiments pourrait la desservir dans son combat. Repérant un soldat à découvert, Maléfique plonge pour le soulever. Alors qu'ils volent, les jambes de l'humain battent vainement l'air. Elle lui lance un regard furibond.

– Où est-elle ? gronde-t-elle.

Tremblant, le soldat désigne l'une des énormes tours qui dominent le château d'Ulstead. La tour de la reine. Évidemment ! Maléfique aurait dû se douter que la reine se trouverait là, à surplomber la scène, à regarder son plan se dérouler d'un endroit où elle se croit en sécurité.

Mais elle n'est pas en sécurité. Plus maintenant.

Maléfique lâche le soldat, puis remonte le long de la tour. La fureur brûle dans ses yeux alors qu'elle arrive au sommet et qu'elle repère la reine. Ingrith se tient au centre, les bras le long du corps, le visage figé, dans une expression de calme froid, malgré le chaos qui règne en contrebas. Des soldats la protègent, alignés le long des bords, armes au poing. Deux énormes catapultes – chargées de tonneaux de poussière rouge – sont dirigées droit sur Maléfique.

Maléfique n'a pas peur de la poussière rouge ou de la mort – tant qu'elle réussit d'abord à atteindre Ingrith. Planant dans les airs, elle observe l'infâme reine. Le vent bat sa robe et ses cheveux défaits lui donnent un air plus sauvage, encore plus malveillant. Pourquoi cette femme porte-t-elle une telle haine en elle ? Maléfique se le demande. Il lui vient à l'esprit, d'une façon plutôt déplaisante, qu'elles ont au moins une chose en commun : la haine. Et la soif de vengeance. La seule différence, c'est que Maléfique n'est pas à l'origine de la guerre. Ingrith, si.

Maléfique se pose à l'autre bout de la tour, les yeux toujours rivés sur la reine. Deux soldats se mettent entre elles. Mais, d'une chiquenaude, Maléfique les écarte. Il ne reste plus que les deux femmes.

La fée noire a eu tout son temps, dans le nid, pour penser à tout ce qui était ressorti du dîner. Elle sait parfaitement qu'Ingrith s'est servie de son tempérament et de sa réputation contre elle. Ce qui contrarie Maléfique, c'est d'avoir laissé sa vulnérabilité paraître : son amour pour Aurore l'a rendue faible. Cette pensée fait croître sa colère, et elle lève une main, prête à terrasser Ingrith d'une vague de magie.

Mais les mots de la reine la stoppent aussitôt.

– Il serait si simple de me tuer, dit-elle en désignant le bras levé de Maléfique. Un geste de la main et vous tenez votre revanche… Votre espèce est encore plus prévisible que les humains.

En réponse, les crocs de Maléfique luisent, et sa main se lève. Mais une voix la coupe dans son action.

– Maléfique ! Non !

Se retournant, Maléfique voit Aurore se précipiter dans la tour. Son visage est couvert de boue, sa robe est déchirée mais ses yeux sont aussi forts – et bons – qu'à l'accoutumée. Regardant le duo, Ingrith affiche un sourire cruel.

– Bon. *Presque* aussi prévisible.

Ignorant la femme froide, Aurore se dépêche de se positionner entre Maléfique et Ingrith, l'air décidé.

– J'ai tenté de faire de vous quelqu'un que vous n'étiez pas, dit-elle doucement, les yeux rivés sur sa marraine.

De près, Maléfique peut voir la douleur dans les yeux d'Aurore alors qu'elle lui demande pardon.

– J'en serai éternellement désolée. Mais je vous connais, et je sais qu'il existe un autre moyen, poursuit Aurore.

Maléfique lève un sourcil parfaitement arqué.

– Tu ne me connais pas, rétorque-t-elle.

Tu as douté de moi. Tu as préféré lui faire confiance à elle, plutôt qu'à moi, voudrait-elle ajouter.

Mais elle ravale ces mots amers. La voix douce et calme de Conall retentit dans sa tête, lutte contre sa colère, l'affaiblit. « De l'espoir », voilà ce que lui a dit Conall. Aurore et elle lui ont donné de l'espoir. Il croyait au pouvoir de l'amour de Maléfique pour Aurore par-dessus tout, et il s'est sacrifié pour les réunir. Peut-elle laisser sa mort vaine ?

Aurore, lisant l'hésitation dans les yeux de Maléfique, lui tend la main.

– Je vous connais, dit-elle. Vous êtes ma mère.

Ces paroles ont l'effet d'une gifle sur Maléfique. Ses yeux se rivent sur Aurore. *Mère.* Le mot retentit dans sa tête, fait resurgir des souvenirs d'Aurore bébé, petite fille et jeune femme, heureuse et souriante. Aurore tendant le bras et, tenant délicatement la corne de Maléfique dans sa main potelée. Alors, les mots se transforment, faisant apparaître des souvenirs plus récents. Des souvenirs des jeunes fées apprenant à voler ; la sensation de l'aile de Conall contre la sienne, son regard aimant quand ils étaient assis près du feu… Elle a passé tellement de temps à croire qu'elle était un monstre qu'elle a presque failli ne pas comprendre pourquoi Conall a placé sa foi en elle. Elle n'est pas le monstre décrit par Ingrith. Elle est une mère. Une amie. Une compagne.

Et Maléfique pense, une fois sa décision prise, qu'elle est, et restera, une protectrice.

Sentant le changement s'opérer en Maléfique, Ingrith ne perd pas une seconde. Elle lève une énorme arbalète. Le doigt sur la détente, elle sourit à nouveau puis… tire.

En un éclair, un énorme nuage de poussière rouge frappe Maléfique en pleine poitrine. Tandis que l'air devient rouge, Aurore hurle, à l'agonie.

Une seconde plus tard, le monde disparaît sous les pieds de Maléfique alors que la fée devient poussière.

Aurore pleure, sa poitrine se soulève en fixant l'endroit où se trouvait Maléfique. À présent, il ne reste plus qu'un nuage de poussière noire, qui se dissipe lentement avec le vent.

Entendant un bruit de pas au-dessus d'elle, Aurore lève la tête. Le mouvement le plus simple devient douloureux à la lumière de ce qu'il vient de se passer. Ingrith la regarde, l'air triomphal.

– Sais-tu ce qui fait un grand chef, Aurore ? demande Ingrith, pas émue le moins du monde par les larmes qui déferlent sur les joues de la jeune fille et sur les pierres. La capacité à instiller la peur chez ses sujets et à s'en servir contre ses ennemis.

Alors qu'elle parle, elle agite la main, comme pour écarter la poussière rouge qui reste. Aurore la dévisage, incapable de retrouver sa voix ou la force de bouger.

Ingrith poursuit :

– Je leur ai donc raconté l'histoire de la vilaine sorcière, de la princesse qu'elle a maudite, et la façon dont mon fils a sauvé cette belle d'un baiser d'amour sincère.

Les yeux d'Aurore s'agrandissent. Cette femme est encore plus folle qu'elle ne le pensait. Ce n'est pas *son* histoire. Ce n'est qu'une *partie* de l'histoire, une version déformée qui fait de Maléfique un être profondément mauvais. Il n'est donc pas étonnant que les gens détestent la fée noire… Ils avaient foi en leur reine pour leur raconter la vérité… et elle s'est servie de cette confiance contre eux ! Aurore comprend alors qu'elle est le mal incarné. C'est elle la sorcière, pas Maléfique.

Comme si elle lisait dans ses pensées, Ingrith saisit le poignet d'Aurore et la force à se relever. Ignorant les plaintes de la jeune fille, la reine l'entraîne plus près du bord de la tour. Les pieds d'Aurore se démènent contre la pierre. Pour une femme si fluette, la reine a une force remarquable. La haine nourrit sa force et obscurcit son esprit. Quelle autre raison pourrait expliquer le geste qu'elle s'apprête à faire ? Il est évident qu'Ingrith prévoit de faire basculer la jeune fille, sous les yeux des soldats, des fées, et même de Philippe, qu'Aurore repère sur un parapet voisin.

Le vent se remet à souffler alors qu'Aurore est traînée plus près du bord. La poussière rouge, qui s'est éparpillée sur les pierres de la tour, s'élève dans les airs en tourbillonnant. Ingrith ne le remarque pas. Elle est focalisée sur la foule, qui s'est rassemblée, en contrebas.

– Maléfique est morte ! crie-t-elle.

Les soldats humains laissent échapper des cris de joie étouffés, pendant que les fées survivantes ont le souffle coupé. Ingrith s'imprègne des deux réactions, son sourire s'allonge.

– Nous n'aurons plus jamais à vivre dans la peur !

– Lâchez-moi ! hurle Aurore.

Les paroles d'Ingrith lui donnent la nausée. Comment cette femme peut-elle être si heureuse face à un tel massacre ? Aurore tord son bras mais Ingrith a une poigne de fer.

– Ulstead est enfin libre ! dit Ingrith, triomphante.

Mais alors que ses paroles se dirigent vers la foule, la poussière rouge aussi. Elle tourbillonne dans l'air, changeant de forme sous ses yeux, lentement au début puis de plus en plus vite tandis qu'elle grandit et s'épaissit.

Aurore entend Ingrith s'interroger.

– Que se passe-t-il ?

Mais elle ne regarde pas la reine. Ses yeux sont rivés sur la poussière.

La poussière prend alors forme. Il est difficile de déterminer ce à quoi elle correspond car elle semble évoluer sans logique. Mais alors qu'Aurore l'observe toujours, la poussière – qui formait autrefois Maléfique – se rassemble et s'étire jusqu'à former un énorme phénix.

Aurore en reste bouche bée.

Maléfique s'est transformée. Son amour et la force de son sacrifice l'ont fait renaître sous la forme de l'être dont elle descend. Comme son ancêtre mythique, elle reprend vie.

Poussant un rugissement féroce, le phénix déploie ses ailes. L'oiseau se retourne, les yeux rivés sur Ingrith. Anxieuse, la reine recule. Elle perçoit le regard mortel dans les yeux de l'oiseau. Derrière elle, les soldats lâchent leurs armes et s'éloignent maladroitement du phénix alors que la magie verte s'amplifie, jetant une ombre inquiétante sur la tour et le sol en contrebas.

Aurore regarde Maléfique – le phénix – et une larme roule le long de sa joue. L'oiseau est magnifique. Sauvage et puissant. Et, malgré la colère dans ses yeux, Aurore sait qu'il représente tout le bien présent dans l'esprit de Maléfique.

Alors, avant qu'elle puisse faire quoi que ce soit pour l'arrêter, Ingrith pousse Aurore par-dessus bord. Dans un cri, la jeune fille commence à tomber.

Le vent souffle violemment dans ses oreilles et lui fouette douloureusement les joues. Elle voit les pierres de la tour défiler alors qu'elle s'écroule vers le sol. Elle chute de plus en plus vite, sa robe se gonfle tandis que les nuages se dressent au-dessus d'elle comme pour la narguer. Le sol s'élève, prêt à l'accueillir.

C'est alors qu'elle le perçoit : par-dessus le vent, le cri d'un oiseau et le battement d'ailes puissant. Un instant plus tard, elle sent des ailes l'entourer puis, dans un fracas tonitruant, Maléfique et elle s'écrasent lourdement au sol.

Aurore gémit. Ses yeux, fermement clos, s'ouvrent d'un coup. Elle ne pense qu'à une chose : Maléfique !

Agitant la tête, la jeune fille constate qu'elle est allongée par terre, sur le phénix. Alors que les ailes de la créature majestueuse s'écartent, Aurore se relève péniblement et se décale de quelques pas. Ses yeux ne quittent jamais le phénix. L'oiseau gît, inerte. Ses ailes colorées ne bougent pas. Ses yeux sont clos.

Mais alors qu'elle l'observe, le phénix ouvre les yeux et, lui aussi, se relève. Pendant un moment, la créature se suspend en l'air, vision d'une légende ayant repris vie. À proximité, les fées noires qui ont survécu inclinent la tête en signe de respect. Alors, une fois de plus, le phénix se transforme. Ses ailes deviennent des bras. Ses plumes deviennent noires. Et là, face à eux, à nouveau entière, se tient Maléfique. Elle est la même, et pourtant, elle est différente. Ses yeux sont pleins d'une nouvelle sagesse et de paix. Elle qui n'avait que des ailes, autrefois, a désormais également une queue – comme le Phénix dont elle a gagné tant de force.

Dans un cri de joie, Aurore se précipite vers sa mère. Elle passe ses bras autour de Maléfique et s'accroche à elle comme si elle n'allait jamais la lâcher. Maléfique lui rend son étreinte. Puis, lentement, doucement, elle caresse les cheveux d'Aurore.

– Diablesse, dit-elle doucement.

Aurore s'autorise à pleurer. Pour tout ce qu'elle a failli perdre. Pour tout ce que Philippe a perdu. Pour les désastres causés par la noirceur d'Ingrith. Mais alors que les larmes coulent, elles se changent en larmes de joie. Elle a retrouvé Maléfique ! Maléfique est revenue pour elle. Par *amour*. Sa mère le prendra sans doute à la légère plus tard, mais Aurore sait, à présent, plus que jamais, que l'amour est la plus puissante des magies.

Entendant des pas, Aurore se détache à contre-cœur. Philippe s'avance, et cette fois-ci, c'est dans ses bras qu'elle se jette. Sous les yeux du peuple de la Lande et des humains, ils s'étreignent.

– Et maintenant ? demande Philippe en se retirant.

Le regard d'Aurore passe de Philippe à Maléfique, puis à la foule, assemblée. Ils ont vu tant d'horreur aujourd'hui… Que faire pour effacer la terreur instillée par le règne d'Ingrith ? Un sourire s'étire alors sur son visage.

Prenant une profonde inspiration, elle s'avance vers la foule.

– Nos deux mondes vont être unifiés – ici, et maintenant ! déclare-t-elle.

S'avançant à ses côtés, Philippe approuve, souriant aussi. Aurore n'a pas besoin d'en dire davantage ; il sait ce qu'elle a en tête et, d'une voix puissante, il lui apporte son soutien.

– Que la peur cesse de nous diviser ! annonce-t-il. Que ce jour marque un nouveau pas en avant – ensemble !

Sous les applaudissements des fées et des humains, Aurore regarde Maléfique par-dessus son épaule. À sa grande surprise, elle aperçoit

Lèchebotte derrière la fée noire. Entre ses mains, il lutte pour tenir le rouet. Aurore penche la tête, incertaine de ce qui va se passer. Lèchebotte est le pion d'Ingrith depuis si longtemps. Est-il venu faire du mal à Maléfique ou les aider à trouver un nouveau chemin vers l'avenir ?

– Je crois que cela vous appartient, dit la fée en répondant à la question silencieuse d'Aurore.

Maléfique prend l'objet. À la lumière du jour, il semble si inoffensif. L'outil a apporté tant de tristesse… Pourtant, à sa manière, il a forgé le chemin qui les a tous conduits ici. Ce simple morceau de bois a réuni Aurore et Maléfique, Aurore et Philippe et, d'une certaine façon, il va aussi réunir leurs royaumes.

– Les malédictions ne cessent jamais, ajoute Lèchebotte tandis que Maléfique regarde le fuseau. Elles se brisent.

Maléfique hoche la tête. D'un geste du doigt, elle lève l'objet en l'air et le fait planer un instant.

En dessous, Aurore s'adresse à la foule.

– Aujourd'hui, il va y avoir un mariage, dit-elle. Ce n'est pas l'union de deux personnes, mais celui de deux royaumes. Vous êtes tous invités. Vous êtes tous en sécurité. Vous êtes *tous* les bienvenus !

Alors que des acclamations emplissent l'air, Maléfique laisse échapper un courant de magie verte. Il frappe le fuseau et le fait voler en mille morceaux. Ce faisant, une onde de magie passe sur la cour du château. Les fleurs dans le jardin éclosent et des papillons volent dans l'air alors que la nature revient à Ulstead. Au milieu du chemin gravillonné, un énorme saule pleureur s'élève vers le ciel, ses longues branches tombent vers le sol. La malédiction qui planait sur tant de gens depuis si longtemps est enfin levée.

Du moins, en majeure partie.

Entendant un cri aigu, Aurore se retourne et aperçoit Ingrith traînée par la vigne vierge qui a pris vie. Elle se débat, elle hurle, mais les protestations de la reine sont inutiles. Ses vêtements sont déchirés ; ses joues maculées de boue. Son flegme habituel a laissé place à la panique. Mais personne ne s'avance pour lui porter secours.

– Bande de lâches ! hurle-t-elle d'une voix perçante. Nous ne pouvons pas vivre parmi des monstres comme ces…

Ingrith n'a pas l'occasion de dire un mot de plus. Les doigts de Maléfique se contractent et envoient un rayon de magie verte sur la reine. Il s'évanouit dans un nuage de fumée pour laisser place à une chèvre qui pousse un « beeeh » plaintif, avant d'éternuer.

Aurore étouffe un rire. Il n'existe pas de pire punition pour la reine, qui déteste la nature, que de passer le restant de ses jours sous la forme d'une chèvre.

– J'en connais une qui ferait mieux de couvrir ses cornes, dit Maléfique en croisant le regard d'Aurore. Puis, elle affiche un énorme sourire – crocs inclus. Aurore rit, et ce son brise la moindre tension qui restait entre elles. La malédiction est vraiment levée. Place à la fête.

Chapitre

DIX-NEUF

Quand Aurore a annoncé que Philippe et elle allaient se marier sur-le-champ, elle n'a pas réfléchi au déroulé de l'événement. Maintenant qu'elle se trouve à l'abri des regards, cachée par les feuilles du saule, elle regrette son impulsivité momentanée. Sans être particulièrement vaniteuse, l'idée d'épouser Philippe dans une robe déchirée et souillée lui paraît… décevante.

Elle se retourne en entendant le bruissement des feuilles, et elle aperçoit Maléfique entrer sous la canopée.

– De quoi ai-je l'air ? demande Aurore, tentant de paraître heureuse tout en replaçant une mèche de cheveux derrière son oreille.

Les yeux de Maléfique se plissent et un froncement agite ses lèvres.

Pas terrible, j'imagine… pense la jeune fille.

Mais avant qu'Aurore puisse trouver la moindre excuse, Maléfique agite un de ses longs doigts et la magie se répand sur sa fille. Quand elle en a terminé, les cheveux d'Aurore sont lisses et son visage propre. Une nouvelle robe remplace celle en lambeaux. Et contrairement à la lourde robe austère qu'Ingrith lui avait donnée, cette robe, légère et aérée, lui permet de se mouvoir librement. Recouverte de fleurs roses et fragiles, sa traîne ondule derrière Aurore, comme une rivière de dentelles. Le corsage est fait de la soie blanche la plus pure et le tissu des manches légères est presque transparent. Le bas de la robe s'écoule le long des hanches d'Aurore et recouvre le sol à ses pieds, donnant l'impression qu'elle et la robe forment un tout. Elle est forte, tout en étant fragile. Osée, mais intemporelle. C'est l'incarnation d'Aurore et de la Lande même.

Se tournant vers Maléfique, Aurore bat des mains.

– C'est magnifique… souffle-t-elle. Merci !

L'espace d'un instant, mère et fille ne disent rien. L'air est chargé d'émotion. Aurore a tant de choses à dire… Des excuses pour ce qu'elle a fait et pour son comportement, et surtout des promesses pour l'avenir. Mais le moment semble mal choisi. Nul besoin de prononcer ces paroles à haute voix… Elle sait que Maléfique lui a pardonné. Elle préfère donc poser une question très importante :

– Me conduirez-vous à l'autel ? demande Aurore.

Une pause.

– Vous savez ce qu'on dit : ça porte malheur de refuser quelque chose à la mariée le jour de la noce, ajoute Aurore.

Très lentement, un sourire s'étire sur le visage de Maléfique.

– Allons bon. Si tu insistes…

Alors que le soulagement et le bonheur submergent Aurore, elle jette un œil en direction du château, à travers les branches du saule. Comme elle, il semble plus léger, plus joyeux, et un sentiment d'espoir commence à grandir. Alors qu'elle repère une personne émergeant à travers les portes du château, son espoir s'accroît. Il s'agit du roi ! La destruction du fuseau l'a réveillé. Il est étourdi mais il va bien.

Alors que Philippe se précipite sur lui, Aurore se retourne vers Maléfique. Cette journée a été marquée par une peine immense. Mais les choses sont en train de changer. Le fuseau est détruit ; Ingrith n'est plus ; le roi est réveillé ; Maléfique est saine et sauve. Il est temps de se tourner vers l'avenir. Place au mariage !

Alors que le soleil couchant peint le ciel d'une profusion de couleurs, Aurore se tient au bout d'une allée de fortune, au milieu de la pelouse du château d'Ulstead. De magnifiques fleurs bordent le chemin, drapent le sol de pétales et emplissent l'air de parfum. Des fées des lucioles virevoltent au-dessus, créant un scintillement de lumière pour éclairer son chemin. De l'autre côté, paisibles et tranquilles, des fées mêlées aux humains attendent Aurore.

La jeune fille croit que son cœur va éclater quand elle regarde les invités et, plus loin, Philippe, qui se tient au côté de Diaval. Elle sourit en voyant le roi Jean s'approcher pour embrasser son fils. Il murmure quelque chose à l'oreille du prince puis, avec un sourire joyeux, il recule, laissant à son fils la place d'honneur au bout de l'allée. Un peu plus tard, Ingrith, sous forme de chèvre, bondit face aux hommes. Le sourire d'Aurore s'estompe à peine. Même s'ils éprouvent un sentiment doux-amer en voyant Ingrith ainsi, elle sait que ni Philippe ni son père ne se soucient vraiment de son sort. Aurore hoche la tête. Ce n'est pas le moment de s'éterniser sur les moments tristes ou les vies perdues. Elle imagine ce jour depuis si longtemps… Et le voilà enfin ! C'est plus beau que dans ses rêves les plus fous.

Les yeux de Maléfique sont pleins d'émotion alors qu'elle se tient au côté d'Aurore. La jeune fille serre la main de sa mère, et la musique est lancée. Ensemble, elles remontent l'allée. S'arrêtant devant Philippe et le roi Jean, Maléfique regarde Aurore. Cette dernière n'a pas besoin de parler pour savoir ce que pense sa mère. Elle *sent* son amour. Alors que

Maléfique place tendrement la main d'Aurore dans celle de Philippe, elle sait que la fée noire lui donne sa bénédiction.

– Les alliances, s'il vous plaît, dit l'officiant.

Pinto s'avance. Le visage de la fée des hérissons irradie de fierté de porter les bagues. Faites de vigne, les anneaux sont simples mais plus forts que le métal. Comme la Lande d'où ils proviennent, ils dureront pour l'éternité. D'un signe de tête satisfait, Maléfique fait un pas de côté et prend place près de Diaval.

Aurore tourne son attention vers le prêtre mais s'en détourne en entendant Diaval dire :

– J'aime ce nouveau look. Et je pensais…

– C'est un vilain défaut, dit Maléfique d'une voix froide et égale. Tu devrais arrêter.

Diaval ignore la remarque sarcastique de la fée noire et poursuit.

– Je *pensais* qu'on pourrait continuer avec cette histoire d'ours. Je crois que ça nous irait bien, quand nous rôdons dans la Lande…

– Je ne rôde pas, le coupe Maléfique en pleine phrase.

Puis, d'un geste de la main en direction d'Arabella, l'horrible chatte d'Ingrith, elle transforme la créature en une magnifique jeune femme. Diaval a le souffle coupé quand les yeux d'Arabella plongent dans les siens.

– C'est bien aussi, dit-il.

Se focalisant sur l'officiant, Aurore l'écoute parler d'amour et d'honneur. Il leur fait promettre de se chérir dans les bons moments et d'être patients dans les mauvais. En réalité, ils ont connu assez de mauvais moments pour une vie entière… Il est temps d'avoir une fin heureuse.

– Philippe, acceptez-vous Aurore pour…

Philippe ne laisse pas le prêtre finir qu'il répond déjà :

– Je le veux.

– Moi aussi ! ajoute Aurore aussi impatiente.

L'officiant rit.

– Très bien, vous pouvez emb…

Mais là encore, le couple ne le laisse pas terminer. Leurs lèvres se fondent dans un baiser complètement magique. C'est un baiser qui symbolise non seulement leur amour et leur mariage, mais qui définit aussi leur avenir – et celui de leurs royaumes. Pour toutes les personnes présentes, il est évident que l'avenir sera radieux.

ÉPILOGUE

Ainsi les jours passent et les saisons changent – tout comme le château d'Ulstead. Sans la reine Ingrith, le palais devient plus lumineux ; les couloirs pleins de rires ; le froid décline, et la chaleur fait son entrée. Des fleurs vives éclosent dans les jardins entre les murs du château. Cela contraste fortement avec le règne de l'ancienne souveraine et de son décor taxidermique sévère. En dépit de sa taille massive, le château d'Ulstead devient un vrai foyer.

Au cœur de cette nouvelle maison se trouvent Aurore et Philippe. Leur mariage a apporté la paix promise et a enfin réuni les citoyens des deux royaumes. Les enfants humains d'Ulstead et les enfants fées de la Lande jouent ensemble. Leurs rires sont un joyeux rappel du chemin parcouru. En unifiant leurs royaumes, Aurore et Philippe ont créé un monde meilleur, un endroit où tout le monde est le bienvenu.

Sur le balcon, Aurore parcourt son royaume des yeux. Une douce brise printanière apporte l'odeur de l'été qui approche et, sur les terres en contrebas, elle voit les fleurs éclore. Au-delà de la rivière, la Lande semble riche et luxuriante avec ses feuilles et ses fleurs qui s'épanouissent. Entendant des pas, elle sourit alors que Philippe la rejoint.

– Qu'y a-t-il, mon amour ? demande-t-il en lui prenant la main.

Aurore sourit.

– C'est un jour nouveau, dit-elle simplement.

– Sans doute, répond Philippe.

Alors qu'ils regardent le paysage, Maléfique apparaît et plane au-dessus du balcon.

Dans les jours qui ont suivi le mariage, la fée noire s'est trouvée plus à l'aise en présence de Philippe et même du roi Jean. Elle passe autant de temps au château d'Ulstead que dans la Lande pour montrer que la paix entre les royaumes est réelle et durable.

Mais l'heure est venue pour elle de retourner dans la Lande de façon plus permanente. Les fées ont besoin d'elle – en particulier les fées noires, qui vivent désormais là-bas. Alors qu'elles prospèrent à l'air libre que le nid ne leur a pas offert, elles manquent d'un guide en l'absence de Conall.

Maléfique est de fait devenue leur chef et leur mère. Même si l'attention exclusive manquera à Aurore, elle sait que Maléfique aura bientôt une raison de revenir à Ulstead.

– Maléfique, la salue Philippe sans avoir conscience des pensées de son épouse.

– Pouvez-vous rester un peu plus ? ne peut s'empêcher de demander Aurore d'une voix un peu tremblante.

Elle sait qu'elle a tout l'air de la petite fille qu'elle était autrefois, mais elle s'en moque. Sa mère va lui manquer, même si elle se trouve seulement de l'autre côté du fleuve.

Maléfique sourit à Aurore. Prenant sa main, elle la serre délicatement.

– J'ai du travail, répond-elle.

Aurore hoche la tête. Sa mère a raison. Dans les jours qui ont suivi le mariage, Maléfique lui a tout raconté à propos du Nid et de Conall. Aurore a pleuré en entendant parler de leurs moments passés ensemble et du temps perdu, son cœur s'est brisé à l'idée que Conall ait été pris à Maléfique à cause d'Ingrith. Mais elle a aussi senti le bonheur et vu la joie sur le visage de Maléfique en parlant des jeunes fées. Elle sait que sa mère a trouvé la paix qu'elle désirait tant en jouant avec elles, dans la Lande.

Elle sait aussi que Maléfique sera toujours là. Ensemble, elles ont rendu cela possible. Le clivage entre les royaumes n'existe plus : la Lande et Ulstead prospèrent toutes deux. Et, alors que sa mère s'apprête à prendre son envol, Aurore sait qu'il y aura une autre raison qui fera qu'elles seront liées pour toujours.

Maléfique les regarde par-dessus son épaule.

– Je vous verrai au baptême, dit-elle en souriant.

D'un battement d'ailes, la fée noire monte en flèche vers le ciel. Aurore rit quand Philippe se tourne vers elle – son secret est révélé. Tandis qu'il l'attire à lui, Aurore regarde Maléfique voler vers la Lande, les ailes déployées. Alors qu'elle plonge, un groupe de jeunes fées vole à sa rencontre. Même de l'endroit où elle se trouve, Aurore entend leurs rires quand elles demandent à Maléfique de jouer.

Aurore sourit. Sa famille s'agrandit. Et Maléfique semble évoluer, elle aussi. Individuellement, elles ont trouvé un bonheur qu'elles croyaient impossible. Mais ensemble, elles ont fait en sorte que des rêves deviennent réalité… Ensemble, elles ont créé un monde où il y aura de l'amour. Pour toujours.

FIN

TABLE DES MATIÈRES

PAPIER À BASE DE
FIBRES CERTIFIÉES

hachette s'engage pour l'environnement en réduisant l'empreinte carbone de ses livres. Celle de cet exemplaire est de :
750 g éq. CO_2
Rendez-vous sur
www.hachette-durable.fr

Photogravure Nord Compo - Villeneuve-d'Ascq

Imprimé en Roumanie par G. Canale & C. S.A.
Dépôt légal : octobre 2019
Achevé d'imprimer : septembre 2019
78.6170.4/01 – ISBN 978-2-01-710503-9
Loi n° 49956 du 16 juillet 1949
sur les publications destinées à la jeunesse